Anișoara Laura Mustețiu

ÎNTRE SĂRUT ȘI DURERE

ÎNTRE SĂRUT ȘI DURERE

de Anișoara Laura Mustețiu

ROMANIAN -
AUSTRALIAN
BOOK CLUB

Sydney, Australia
2025

The Romanian-Australian Book Club,
Email: romanian.australian.book.club@gmail.com
Hornsby, NSW 2077, Australia.
ASIC 1-53090722674

Consilier editorial:
Prof. Aurelia Rînjea

Coperta: Anișoara Laura Mustețiu

Anișoara Laura Mustețiu

ÎNTRE SĂRUT ȘI DURERE

The Romanian-Australian Book Club

Sydney, Australia, 2023

Drag cititor,

Îți întind mâna... și te chem să pășești cu mine, pe tărâmul parcă încă viu și emoționant al unei noi povești de suflet, scrisă pentru tine. Poate foșnetul întâmplărilor îți va stârni o rafală de înfiorări și feeria locurilor te va fermeca în visări. Poate, te vei răcori la marginea unui izvor de reflecții, sub aripi de gânduri profunde sau te vei odihni lângă flăcările trăirilor, lângă emoțiile calde ce curg printre rânduri. Și dacă se va întâmpla să-ți curgă o lacrimă pe obraz, fie ca roua ei să-ți învioreze sufletul, cu noi recunoașteri, cu o nouă lumină.

PREFAȚĂ

DINTOTDEAUNA IUBIREA

Iată că Povestea continuă... Din nou, o carte de excepție, ÎNTRE SĂRUT ȘI DURERE, a binecunoscutei scriitoare de origine română, ANIȘOARA LAURA MUSTEȚIU, care trăiește în Sydney, Australia, o personalitate de mare valoare a culturii românești, pe care o reprezintă cu cinste și pe care a făcut-o cunoscută la nivel mondial.

Am scris până în prezent, cu mare bucurie, despre patru din cărțile autoarei: EMOȚII ȘI LUMINĂ, Poezii și cugetări, apărută la The Romanian-Australian Book Club, Sydney, Australia, 2023; CRÂMPEIE DIN VIAȚA UNEI FEMEI, Australian-Romanian Academy Publishing Group, Sydney, Australia, 2023; PREȚUL ONOAREI, Romanian-Australian Book Club, Sydney, Australia, 2023 și YARRAN, Povești din Australia, apărută la Romanian-Australian Book Club, 2024.

Și de astă dată o să vă împărtășesc impresiile mele, cu prețuire și bucurie!

Invitația scriitoarei, tandră și îmbietoare, vine precum o apă vie, de care suntem însetați și o așteptam, iar noi îi dăm curs, cu aceeași deschidere, cu dorința de ne alătura în poveste și cu disponibilitatea de a lectura și a petrece împreună stări unice, fascinante, care ne vor hrăni sufletul și spiritul.

Dacă PREȚUL ONOAREI era dedicată Mamei autoarei, de astă dată cartea este dedicată Anei, pe care o însoțim, urmărindu-i destinul, trăirile, lecțiile și înțelegerea lor.

O să vă prezint în continuare aspecte remarcabile ale acestei cărți, din punct de vedere literar și axiologic, lăsându-vă dumneavoastră, Cititorilor, bucuria de a urma firul narativ, care este captivant, acaparator și de a descoperi atâtea fațete și nuanțe ale frumuseții sufletului uman.

Confesiunea autoarei este profundă și ne face să retrăim alături de ea filozofia femeii, cu sufletul plin de iubire, pe care o dăruiește, care încearcă să se înțeleagă în sfârșit pe sine și tot ce a venit pentru ea, de la Bunul Dumnezeu.

Împărtășim alături de ea zbuciumul interior, căutările și dorințele, visurile, proiectele, amintirile și devenirea proprie.

Deși sunt obișnuită cu stilul scriitoarei, limpede ca un izvor de munte, ce te revigorează, recunosc că fiecare frază mă cucerește și mă invită la reflecții adânci, deseori regăsindu-mă sau empatizând cu ea.

Scriitoarea ne prezintă cartea ca fiind „mărturia triumfului asupra cruntelor încercări ale vieții", prin care personajul principal luptă pentru definitivarea propriei identități.

Privind în OGLINDA TRECUTULUI, o reîntâlnim pe Ana, pe plaja australiană, în căutarea echilibrului, a armoniei și a păcii lăuntrice, unde totul în jur o îndeamnă spre o călătorie lăuntrică, într-o căutare de sine, în tăcerea inimii, acolo unde vocea interioară o cheamă să scrie povestea.

Uneori mă întreb, cum poate vedea cineva atâtea detalii ale vieții din jur, cu care rezonează tainic, într-o poveste trăită, aducătoare de liniște și pace: pescăruși înfometați, convoiul de furnici, salcâmul auriu, firicelele de nisip... Numai un suflet delicat poate cuprinde frumusețea creației, sub toate formele ei, care o bucură și e care îi amintesc de orașul de pe Bega.

JOCURILE SORȚII o fac pe Ana să prospecteze trecutul, să-l înțeleagă, să-l accepte și să vindece ce era de vindecat. Vocea sa interioară este deopotrivă a sinelui autoarei, dar și cea a *Copilului interior*, care

9

trăise mai întâi drama ruperii de cea care i-a dat naștere, apoi crescând fericit următorii 10 ani, când simțea nevoia de o protecție.

Fac un mic popas aici, pentru un subiect special pentru mine, dar revelator și în cazul acestei cărți, pentru a sublinia importanța Copilului interior al fiecăruia, care este o ipostază din copilul primordial, cu dorul de adevăratul ACASĂ. Există în noi arhetipul Copilului interior, cu rol determinant în evoluția Adultului interior, Sinele nostru. Copilul interior adună în subconștient experiențe trăite, amprentele emoționale din copilărie, influențându-ne în prezent. El poate avea două identități: e trist și ascuns, fie fericit, copil divin. Fiecare, purtăm în noi un Eu infantil, care ne ghidează pașii la maturitate. Poate fi un adevărat înger păzitor, dacă ai avut o copilărie fericită și te-ai simțit în siguranță sau cuprins de frică și traume, poate fi un obstacol către fericirea pe care o cauți, dar și el trebuie înțeles.

Copilul interior e secretul adultului fericit. El uneori apare ca o ființă subordonată minții conștiente care se trezește. Copilul interior urmărește doar obținerea iubirii. Cea mai profundă stare de bine, cunoscută, este cea care se naște din iubirea, precum cea dintre copil și mamă. Această formă unică, specială, de intimitate, în care noi trăim acceptarea, siguranţa, protecţia, grija iubitoare, devine un model lăuntric al „binelui", pe care apoi îl căutăm întreaga viaţă, pentru că „seamănă, dorinţei chipului lui Dumnezeu înscris în noi".

Dintotdeauna Iubirea e ceea ce căutăm... şi pot să vă asigur că dintotdeauna un scriitor crează atâta timp cât copilul interior dă mâna cu el, legând începutul cu sfârşitul într-un cerc atemporal, într-un prezent continuu. Poţi scrie doar dacă păstrezi ceva din candoarea acelui copil, având deschis mereu canalul de comunicare către Divin.

Şi cât de frumos rememorează cum tatăl ei scria versuri „În scriitură îşi găsise tămăduire de vitregiile prin care trecuse şi el în tinereţe." Ce frumoasă lecţie, să te bucuri de frumuseţea cuvintelor la vârstă fragedă, apoi poeziile să le aşezi cu grijă în „cuibarul inimii". Aici mă regăsesc şi eu pe deplin... în copilăria mea... când am descoperit magia poeziei în versurile scrise şi recitate de Tatăl meu.

De atunci, de la vârstă fragedă, i-s-a sădit în ea dorinţa de poveste: „Cândva, ai să zbori cu inima spre soare şi ai să scrii, draga mea fetiţă". Acest dar inestimabil, înfiripat atunci, avea să devină modalitatea cea mai eficientă de alinare, de bucurie, de sens al vieţii, de fericire.

Momente de cumpănă trăite, precum ultima lacrimă a Tatălui, sunt foarte profunde... iar răspunsul vine ca o sentință: *„Dar Dumnezeu tăcea. Și soarta tăcea."* Nu orice om poate spune aceste cuvinte, în acele clipe care i-au săgetat ființa fragedă... și căuta semne: în vis sau un porumbel *„poate era sufletul lui"* ... *„Din acea dimineață nu mai putea să fie un copil."*

De atunci i-a lipsit acea iubire necondiționată și unică, care nu se poate uita, dar și-a continuat drumul bazându-se pe intuiție, pe instinct și pe puterea pe care Dumnezeu i-o dădea să meargă înainte.

Clipe inedite trăim alături de ea la Bunici, în Raiul de Acasă, pe care doar noi românii îl prețuim și-l păstrăm în suflet. Înălțător, dar și profund, cu dragoste ne vorbește despre sat, despre grădina fermecată din Valea Sânzâienelor, un adevărat *„tărâm de vis"*.

Cu greu mă abțin să vă dau detalii, dar parcă e copilăria mea... de la strânsul fânului până la poveștile despre război ale Bunicului... Cu câtă dragoste și emoție ne prezintă casa bunicilor *„care părea să doarmă sub varul proaspăt vopsit"*... *„cămăruța scundă, binecuvântată cu pace"*... cu *„lămpaș cu petrol"*. Cu câtă dragoste rememorează copilăria și Bunicii: *„acei oameni cu privirile moi și inima caldă"*.

Dar viața ei, se derula în Orașul de pe Bega, unde retrăia amintiri legate de anii de liceu, Platon,

Aristotel, întrebări, lectura, singurătatea, VISE, însă trăirile lăuntrice doar ea și le cunoștea... și cu o înțelepciune românească nativă și poate nu întâmplător, cu simțul ei foarte dezvoltat de observație și dragostea pentru natură, constată că *„păsările se vindecă singure în fața vitregiilor vremii"* și le ia drept model.

Fiecare povestire face trimiteri relevante pentru narațiune la cuvintele lui Confucius, Nietzsche, Dr. Seuss, Albert Camus, Jung sau gândurile ei la fel de pline de esență și înțelepciune. Și într-o profundă confesiune ne spune că *„și-a dorit o viață întreagă un singur lucru: să iubească și să fie iubită"*.

Da, ne prezintă Prima iubire, Dorian, PLANETA ÎNDRĂGOSTIȚILOR, Planeta lor intitulată „Iubire", iubire cu care empatizau: *„stelele duioase și blajine"*, alteori apusul, râul, iarba, copacii, teiul bătrân, tufa de liliac. Frumoasă comparație: Ea era *„o pasăre rebelă"*, iar el, Dorian, era *„vântul lin care îi risipea neliniștea"*.

Ana învață să privească în interiorul ei unde își întâlnește inima, cu care vorbește, descoperind treptat mirajul vieții, *„acea energie divină dăruită de Dumnezeu oamenilor ca să-și aline durerile pământești"*. Știa că *„din adâncul inimii izvorăște purul adevăr."*

Și cât de special... când Ana alerga să prindă *„tramvaiul care o purta din nou în singurătate..."* O lume la care, cum frumos spune: *„numai ea avea cheia de a o deschide, de a lăsa pe cineva să pătrundă în lumea ei"...* și vise, pentru care se ruga: *„Doamne ajută-mă!"* O iubire frumoasă, care nu se uită, dar ZARURILE SORȚII își vor spune pe deplin cuvântul, până la finalul cărții.

Un moment unic, cu valoare de document, este cel al Revoluției din 1989, care îi prinde pe cei doi îndrăgostiți în iureșul evenimentelor, când Porțile Catedralei fuseseră închise... Urmează LUPTE și DESTINE SCHIMBATE, emigrarea de după Revoluție și alte episoade petrecute în München, Mannheim, Heidelberg apoi în cele din urmă în Australia. Râul Bega, Rinul, Neckar, erau locuri în care își depăna amintirile teleportând-o în Valea Sânzâienelor.

Înțelepciunile dobândite de la tatăl ei, de la bunici, de la dădaca Ani, o ajutau, dar acum viața o învăța *„să rabde și să lupte"*. Mama Ani, dădaca, îi spunea: *„Ah, draga mea, vei învăța... Vei afla cât de puternică ești! Mai încolo..."*

Confesiunile reciproce, cu Mama ei, sunt profunde și încărcate de emoție și învățăminte și au învățat-o să fie puternică. Fericite că s-au regăsit, Mamă și Fiică, Ana a descoperit că în ea există și o forță magică, că în viață nu trebuie să ocolească suferința, ci să o înțeleagă, iar aceasta se va transforma în iubire, a înțeles că cele mai frumoase căderi, chiar și cele sufletești, au fost acelea de unde a știut să se ridice cu o nouă învățătură. Erau fericite că se aveau una pe alta, că s-au regăsit.

„Să nu încetezi niciodată să visezi!... Să nu uiți!" îi spuse mama ei ultima dată când s-au văzut. Cât de profund! E ceea ce și azi lipsește lumii dezvrăjite în care trăim: visul și povestea.

Nu pot să nu remarc faptul că în Prețul Onoarei, confidentul Mamei, Măriuca, era „nucul", părtaș al iubirilor și suferințelor, cu care își împărțea singurătatea. El știa să asculte și îi era model de existență. Își dorea să fie puternică și mândră ca și el în fața încercărilor vieții, cu energia lui ancestrală și cu tăcerea care o îmbrăca, dar lăsând-o și să fie ea însăși, în fața realității.

Aici, în această carte, pentru Ana, stejarul devine un prieten de suflet, în sanctuarul ei de liniște și reculegere... și își dorea să fie puternică, precum el, să stea dreaptă și neclintită în fața greutăților.

Iar Poezia, îmbracă toată iubirea lor, ca și pictura... dar nu vă dezvălui mai mult! Descoperiți singuri această poveste de dragoste adevărată și magică totodată, care vă va cuceri. O iubire care nu se stinge!

Pierderea celor dragi o face pe Ana să-și să ia viața în piept: *„Întunericul o învăța să-și descopere propria lumină"*. Urmează o luptă de supraviețuire, în care respectul și susținerea din partea străinilor trebuiau câștigate, de fiecare, pe cont propriu. A muncit din greu și *„prima dată când a plâns de bucurie, a fost în ziua când a primit actele de ședere"*. Trebuia să se ridice și să lupte, să înfrunte destinul și capcanele vieții. Și a luptat și a devenit o femeie independentă, care și-a clădit succesul prin propriile eforturi și puteri.

Un DRUM NOU, pe care Ana îl face, îmbrățișând cu iubire Trecutul, în care își ia amintirile în brațe și pleacă mai departe, printre străini. Sunt multe momente importante ce ar trebui menționate precum: BĂRBATUL CEL CUMINTE versus: „Femeia cea Complicată" sau Crăciunul aducător de bucurii, care unește lumile!

FRUMUSEȚE... MAGIE ȘI RESPECT, Iubire și credință în propriile valori și forțe interioare cu care Creatorul a înzestrat-o.

Cu inima ei, încă rămasă agățată undeva departe, pe o stea numită „Iubire", pe care ar vrea-o prinsă în Bradul de Crăciun, căutând spiritul sfânt de sărbători, ni se destăinuie: *„Nu există lipsă de iubire, deoarece iubirea există pretutindeni, sub diferite forme. Dacă iubirea pornește din interior, ea devine nesfârșită... în* *viață există un infinit de aspecte pe care le putem iubi... în primul rând pe Dumnezeu."*

Și mai este ceva, după părerea mea: există un izvor infinit de Iubire în acest Univers și în toate versurile. Cu cât dăruiești mai mult, Creatorul pune la loc, în inima ta, mai multă iubire! Noi venim în această lume de fapt să experimentăm și să învățăm Lecția Iubirii! Așa că cea mai importantă lecție de viață care răzbate din carte, mi se pare aceasta: *„ nu e niciodată prea târziu... pentru a ierta și pentru a iubi."*

Mă alătur și eu cuvintelor de final ale cărții: *„O femeie are puterea să transforme o iubire într-o legendă nemuritoare!"* Dovadă este chiar această carte!

Îi mulțumesc autoarei pentru acest dar de suflet, care îți face viața frumoasă și te îndeamnă să fii tu însuți și să crezi în tine!

Avem de-a face aici cu scriere în proză, într-un stil personal, poetic, prin care respiră poezia, metafora, harul cu care autoarea a fost binecuvântată. O scriere însuflețită de Dumnezeu, care îi dă puterea de a reda atât de frumos povestea. O carte concepută într-un mod cu totul special, încât firul epic se împletește cu cel poetic, cuprinzându-te și pe tine în mirajul lor.

Volumul este presărat cu construcții estetice din cuvinte, care te surprind plăcut: *„stol de gânduri"* (ZARURILE SORȚII), *„franjuri de vise noi, vivifiante"* și

„frescă vie pe pereţii gândurilor" (PLANETA ÎNDRĂGOSTIŢILOR), *„cântecele inimilor"* (VISE), *„norii de bumbac"* (LUPTE ŞI DESTINE SCHIMBATE), *„cărunta biserică"* (VALEA SÂNZÂIENELOR), *„năvod cu vise"* (TABLOUL).

O carte scrisă cu înţelepciunea femeii mature. O carte despre sentimentele omeneşti profunde pe care autoarea ni le revelează superb în această poveste minunată. Asta mă face să mă aplec încă o dată cu preţuire şi respect asupra Femeii, ca fiinţă plină de divin.

Aspiraţia către perfecţiune, a Femeii, ca o apoteoză a fiinţei sale spre desăvârşirea adevăratei armonii, precum cei doi aştri înlănţuiţi de dorul divin, Soarele şi Luna, o conduce către atingerea dimensiunii ei spirituale, pe care o descoperă şi o creşte prin EL.

Dragostea, ca putere divină, o înalţă, aspirând să facă din două fiinţe, una singură, perfectă. Prin această asceză, neputinţa tradusă prin suferinţă, golul care doare, trezeşte în ea noi forţe.

Sfidând orice obstacol, ea se înalţă ca un astru, aspirând la libertate, mai mult decât la orice, având nevoie de ea ca de o apă a nemuririi, chiar dacă târziu descoperă că doar maturitatea interioară o ajută să-şi asume plenar această dimensiune. Ea poartă sădită în ea o năzuinţă lăuntrică, de care depinde realizarea acestui vis pe care-l creşte în lumea ei abisală. Iubirea de sine, profundă, o face să meargă înainte, cu încredere în ceea ce i-a dat Dumnezeu. *Asta face personajul cărţii, Ana!*

Convinsă că libertatea interioară este adevărata libertate, caută intuitiv împlinirea într-o fiinţă, la fel de puternică şi independentă ca şi ea, cultivând darul statorniciei şi perspectiva optimistă asupra lumii, al iubirii necondiţionate şi al credinţei în spiritul universal ce-i locuieşte fiinţa.

Ţelul ei este unic şi de nezdruncinat. Independenţa sub toate formele ei îi păstrează echilibrul lăuntric, îi dă verticalitate, demnitate şi încredere în sine.

A-şi cunoaşte propria fiinţă, a o pune pe locul care merită, a-şi asuma responsabilitatea, independenţa, chiar şi singurătatea, o fac să descopere într-un mod aproape miraculos puterea divinului ce i-a fost hărăzit. O siguranţă lăuntrică, profundă şi divină, un sentiment de înălţare spirituală. Un stadiu ce depăşeşte „copilul etern" pentru a deveni „etern feminin" şi asta în timpul propriei deveniri, în care spiritul, ca o pasăre albă, planează peste marea lăuntrică.

Pentru o astfel de Femeie, pentru care Intuiţia rămâne radarul ei interior, iubirea îi oferă înălţarea spirituală la care aspiră. Iubind, se cunoaște pe sine și pe celălalt, iar cunoașterea dă siguranță, o face să-și asculte semnalele interioare, să stabilească limite. Un sincronism unic, de a se deschide în fața lumii, de a-și asculta Vocea lăuntrică, un ritm conștient controlat ce dă calitate, înălțime și profunzime vieții.

Însuflețită de propria lumină, Universul ei devine magic, ca o stare de grație, ce o face să vadă în ea, adevărata ei Forță.

Cartea ne face să prețuim mai mult divinitatea din noi și să țesem din valorile umanității o arcă, în care să putem descoperi perfecțiunea Adevărului Unic și rațiunea de A FI.

Iată că și de această dată, suntem invitați într-un periplu în care căutările, după reflecții și reflexii succesive, într-o discursivitate continuă, se întorc spre noi, aducând libertate și armonie, într-o coerență surprinzătoare, în acest imens ocean de entropie, în care Cuvântul este viu și eliberator.

O carte scrisă cu Lumina Sufletului, un dar de excepție, drept pentru care vă invit la o lectură cu totul specială!

Felicităm pe distinsa scriitoare Anișoara Laura Mustețiu, pentru această minunată creație literară, dorim cărții viață lungă prin cititorii săi și așteptăm cu bucurie și interes următoarele apariții editoriale!

Cu prețuire,
Prof. AURELIA RÎNJEA

Membru al Uniunii Scriitorilor de Limba Română
și al World Poets Association, România

CUGETĂRI...

Dacă aş fi scris această carte când aveam treizeci de ani, cred că ar fi fost diferită. Pentru că atunci aveam o perspectivă diferită asupra vieţii şi asupra oamenilor. Eram încurcată în acele valuri dulci şi amare de iubire, pasiune şi suferinţă. Dacă aş fi scris atunci această poveste, v-aş fi mărturisit de cele mai fierbinţi nopţi, de cele mai calde lacrimi, de cele mai zguduitoare strigăte de fericire sau de durere. V-aş fi povestit despre ambiţiile care mă determinau să depăşesc aproape orice obstacol. Dar, în acele timpuri, îmi lipsea liniştea... şi o privire de ansamblu.

Totuşi, până în ziua de astăzi, esenţa fiinţei mele a rămas neschimbată. Încă păstrez aceeaşi forţă, aceeaşi vulnerabilitate. În timp, a apărut şi claritatea. Acum ştiu ce a avut însemnătate. Şi ce nu a avut. Şi cred că am acumulat multe lecţii preţioase din viaţă, cu toate că sunt conştientă că încă voi mai avea de învăţat, până în ultima zi din viaţă.

În această vară australiană, înfocată cu soare și furtuni, am început să reflectez asupra trecutului... Să las glasul femeii din mine să strige, să cânte, să-și răsfire emoțiile printre tufișurile de liliac, să-și destăinuie gândurile negrăite, sieși, la Dumnezeu și păsărilor călătoare. Un stol lung de gânduri s-a scurs și în povestea care va urma.

Nu am crescut sub privirile blajine ale mamei, de aceea nu am avut un model de femeie după care să mă fi îndrumat. Să fi înțeles modelul femeii din filme sau din cărți? Poate. Însă m-am simțit întotdeauna incompletă. Pentru că eu credeam că voi fi completă doar atunci când voi fi împlinită în iubire.

Lista durerilor unei femei pare nesfârșită, atunci când nu a învățat ce este iubirea de sine, când nu este conștientă, în fiecare situație a vieții, cine este ea.

Durerea ei este provocată mai puțin de lume și mai mult de propriile gânduri, de modul cum se privește, de profunzimea percepțiilor ei.
Sunt acele dureri izvorâte din puținul pe care îl primește, fie în iubire, fie din aprecierea celor din jur. Și nu va fi în stare să-și aline singură suferința, căci în inima ei există iubire doar pentru alții, dar nu și pentru ea însăși.

Va alege o inimă rece, crezând că e caldă și va plânge din nou, în secret, doar pentru a păstra o boare de armonie și speranță în acea relație.

Femeia care nu se iubește, își percepe valoarea prin modul cum o tratează cei din jur. Iar cei din jur o vor răni cu indiferență. Va continua să-și deplângă căderile, uitând de propriile victorii. Și își va detesta slăbiciunile, ignorându-și în același timp calitățile.
Și tot ea, se va strădui să fie o femeie puternică, deși ea a fost puternică dintotdeauna. Acea femeie va rămâne hăituită de dureri, atâta timp cât nu realizează cine este ea cu adevărat.

Dar în ziua în care va simți acea căldură intimă, când se va scălda în propria iubire și va privi din fereastra inimii spre exterior, totul se va schimba. Durerea se va transforma în lumină. Și acea lumină o va călăuzi spre o nouă stare de bine, spre un nou drum. Și atunci, va înțelege că ceea ce a căutat o viață întreagă, a fost întotdeauna în ființa ei.

Cred că o femeie trebuie să se urce pe cele mai înalte trepte, spirituale și sufletești, pentru învinge. În viață și în iubire.
Personal, cred că am cunoscut cele mai intense momente de fericire atunci când mi-am simțit puterea și când am folosit-o pentru a-mi transforma visele în realitate. Nu mi-am pus niciodată limite. Le-am căutat.

Și, uneori, am rămas uimită cât de departe m-au dus propriile vise, propriile puteri.

Dacă aș da un sfat acelei adolescente care am fost odată, i-aș spune...

„Să nu uiți să iubești cu înțelepciune..."

În viață, pare un miracol să vezi cât de prețuit ești uneori de străini, o mică durere să simți că cei din apropiere uită adesea să te aprecieze. Dar este o binefacere divină să simți permanent cât de mult însemni Tu pentru tine.

Această carte este mărturia triumfului asupra cruntelor încercări ale vieții. Indiferent cum sunt experiențele vieții, tandre sau aspre, ele pot fi versatile, unice și prețioase. Consider că evoluarea și cizelarea identității este legată în cea mai mare parte de noi înșine. Dar, bineînțeles și de mediul în care trăim.

Povestea care va urma este inspirată din întâmplări reale. Caracterul protagonistei, Ana, deși este format într-un anumit mediu, se revoltă împotriva normelor și vitregiilor, răspunzând prin fapte, întrebărilor etice de a trăi decent, într-o lume uneori nedreaptă și inegală.

Sub influența diverselor forțe, interioare sau exterioare, victoriile și înfrângerile ei sunt rezultatul unui lung lanț de evenimente cauzale.

Este lupta identității de a se dezvolta într-un mod autentic, apropiat de menire și adevăr.

Anişoara Laura Mustețiu

CAPITOLUL 1

OGLINDA TRECUTULUI

Asfinţitul roşiatic de soare se stingea agale în oceanul Pacific. Părea să-l sfinţească. Îşi croise o cărare aurie pe valurile care, la atingerea lui, parcă se linişteau fermecate. Se contopeau într-un sărut etern între soare şi apă, între cer şi pământ.

Trupul femeii se lăsă cuprins de acea splendoare. Deveni moale şi plăcut. Fascinată, sorbea un cocktail. Privirile îi păreau pierdute pe fâşiile auriu-roşiatice ce se întindeau în dâre lungi şi subţiri peste albastrul oceanului. Şi ea le absorbi în adâncimea fiinţei. Le simţea divinitatea.

Şi parcă dorea să pătrundă în misterul acelui spectacol etern, dăruit celor opt miliarde de oameni de pe Planeta Albastră.

Cercul alb, înconjurat de auriu, aproape că o orbea. Falnice, ultimele raze de soare s-au mai întins încă o dată peste măreţia cerului, înainte de a fi acoperite de valurile tuciurii ale nopţii. Pufuri de nori, în formă de cocoloși de lână, pluteau în fața cercului luminos, răsfirând un sens de tandrețe, echilibru și armonie.

Femeia își dorea să răpească frânturi din acel echilibru ceresc și să le păstreze pentru totdeauna, în pieptul ei străbătut de atâtea furtuni de emoții și trăiri.

Nori mai mari, tot alburii, au început să se scurgă agale pe bolta cerească. Cu ei au apărut și câțiva pescăruși înfometați... săgetau cu țipete crude tăcerea. Se zbăteau în cercuri amețitoare prin aerul cald, apoi se lăsau lin, atingând cu aripile spuma valurilor.
Mărgeluțele de apă le picurau de pe aripi, se rostogoleau în aer și cădeau înapoi, în imensitatea oceanului.

Femeia absorbi cu paiul ultimele picături de Aperol Spritz din paharul aproape gol. Se uită în jur. Faimoasa terasă de la Opera House devenise inundată de turiști. Se ridică și părăsi forfota. Simți o nevoie avidă de a trăi momentele asfințitului în pace și armonie. Orașul australian cu cei cinci milioane de locuitori e copleșitor în frumusețe și în gălăgie. Dar ea cunoștea și acele locuri ascunse, binecuvântate cu liniște.

Telefonul sună scurt și strident... *„Ana, când ajungi acasă?"* *„În curând"*... răspunse cu o voce lină...

Briza sărată a serii îi trezi simțurile un pic molește. Se opri lângă un Callistemon, un copac cu flori lungi, în formă de perie de sticlă. Crengile îi tremurau în adieri ușoare de vânt. Atinse florile cu perinițele degetelor. Aveau fire lungi de păr roșiatic, pictate pe vârfuri în galben.

Un zâmbet i se lăsă pe chip. Cald și moale. *„Cât de minunate sunteți!"* le șopti ușor, încântată de structura lor spectaculară. *„Sunteți o creație divină pe acest pământ!"*... Florile i-au răspuns în felul lor... un tremur ușor... o sclipire de roșu intens.

Ana se așeză la poalele copacului. Culoarea florilor i se lăsă în căpruiul ochilor. Avea nevoie să se hrănească din energia lor, tandră și binefăcătoare.

Îi apăruseră și câteva gânduri răzlețe. Îi pluteau lin pe bolta minții. O îndemnau la reflecții, despre viață, oameni și fapte.

Se gândi la etica stoică... La acea fericire dobândită prin liniștea profundă a spiritului.

„Hmmm, o stare greu de ajuns, în aceste vremuri, în care spiritele oamenilor se zbat într-un ocean de informații..."

Aspirațiile ei se îndreptau spre armonie și pace. Știa că fericirea e fermecătoare, intensă, dar e atât de scurtă... Și o poate orbi cu iluzii.

Însă, armonia e altfel... mai blândă, mai fidelă. Și are multe chipuri. Când o proteja de mărunțișurile vieții, armonia rămânea cu ea. O simțea ca pe un noian de fluturi... îi dezmierdau sufletul cu bătăi tandre de aripi. Alteori, îi apărea în interior ca o lumină... din care se despicau gânduri și trăiri suave. Sau o simțea ca un susur lin de izvor... din care îi curgea creativitatea.

Vffff... Tresări. Un stol de papagali colorați s-au lăsat pe crengile unui salcâm auriu. Bătrânul Waratah își scutură ramurile. Trilul păsăresc se afundă și mai mult în freamătul de frunze.

Își aduse aminte de Mircea Eliade, care spunea că cea mai prețioasă călătorie este aceea către sufletul nostru. Un gând anume îi trezi un fior. Acel fior ce o chema să-și colinde interiorul, să confrunte trecutul, prezentul, să se înalțe cu aripile sufletului spre lumi cunoscute sau încă nepătrunse. Să descopere proaspete noime. Însă, anumite întâmplări erau menite să rămână acolo, în tăcere. Pentru totdeauna. Și era mai bine așa. Acolo erau protejate. Inima i se răscoli în bucurie. Îi era dor de ființa ei...

O nouă întrebare i se prelinse pe bolta minții...

„Cine ești tu, femeie din mine? Cine ești tu, femeie sculptată pe chipul celulelor mele? Ai existat înainte de primul strigăt, înainte de a privi primul șuvoi de lumină, înainte de primul suflu de aer, înainte de primul meu

gând... Apoi, când m-am născut, te-ai contopit cu șirul existenței mele, dându-mi sens și menire..."

Se adânci și mai mult în gânduri. Își scoase pantofii din picioare. Câteva firicele de iarbă îi rămăseseră lipite de tocul lung și subțire al pantofilor. Pipăi suprafața apei cu vârfurile degetelor. Roșul aprins de pe unghii luci strident în apa rece și sărată.

Tufișurile de camelii se clătinau ușor în vântul cald. Vocea din interior îi deveni din ce în ce mai clară. A ascultat-o de mii de ori, în strigătele ei de durere, de exaltare, de fericire. O va asculta din nou.

Cândva, sunetele lor se vor transforma în lacrimi, apoi în cuvinte. Și ea le va lega într-o nouă poveste.

CAPITOLUL 2

JOCURILE SORȚII

„Sunt uneori amintiri care, după un timp, se leapădă de anumite amănunte. De obicei, cele neplăcute. Rămâne doar ce-i frumos. Dar acele detalii, cu toate că se topesc în materia nepătrunsă de ochii minții, rămân în subconștient, trăiesc și respiră acolo, până în ultima zi din viață. Nu pot să le văd, dar uneori le simt. Le simt că sunt acolo, undeva în adâncimea ființei. Uneori le simt tristețea. Durerea."

Ana oftă. O nouă dimineață își întinse aripile pe tărâmul australian. Era primăvară, dar încă rece. Mugurii din grădină se pregăteau să-și divulge splendoarea. Un grup de furnici alunecă în convoi printre venele ce decorau marmura albă a terasei.

Privirile i se odihnesc pe noianul de flori de Bougainvillea. Ramurile buclate, colorate în rozaliu-roșiatic, s-au cățărat în dezmierdări lungi pe coloanele terasei. Le-a plantat în ghivece mari și albe de ceramică, decorate în stil roman. Îi amintesc de Europa și de o cultură atât de diferită de cea din Australia. Asemenea mugurilor de trandafiri, ce se leagănă sub privirile ei și care îi aduc aminte de Orașul de pe Bega... Orașul Florilor, unde a trăit odată.

Începu să-și răscolească trecutul, încercând să înțeleagă când i-a început acea traumă, pe care încă, după atâta timp, o mai simte în interior. O traumă care, atunci când apare la suprafață, o doboară cu putere la pământ, făcându-i pieptul să răcnească în durere. Atunci, își îmbrățișează cu duioșie ființa. Îi spune că o iubește. Își spune cuvinte de încurajare. Își amintește de nenumăratele încercări prin care au trecut cu bine împreună. Îndură. Până când îi revin puterile. Până când îi revine claritatea. Până când își alină frica ce-i paralizează corpul.

Îi amintește de momentele de victorie. Și chiar își smulge și un zâmbet din adâncul ființei.

Îl pune pe buze, să-i lumineze calea.

Apoi îi întinde mâna să se ridice... *„Haide, copilă, mergem înainte, împreună! Eu sunt puternică și o să am întotdeauna grijă de tine!"*

După un timp se liniștește. Când trauma dispare din nou în adâncurile ființei, rămâne gânditoare, căutând disperată, în cer și pe pământ, un balsam, o minune, o cale de vindecare.

Se gândi că poate trauma ei a început atunci, când s-a născut și când mama ei, Măriuca, a fost nevoită să o îndepărteze de la pieptul ei, pentru a o pune în brațele unui om străin. Un om cu o inimă blândă, care aveau condiții mai bune să o crească.

În acele timpuri, inima Măriucăi era împietrită de durere. Și... poate că vedea în ea doar chipul celui care o părăsise. Era încă o copilă, avea nouăsprezece ani. Nu știa să fie mamă. Și vedea condamnările părinților, rușinea de a da naștere unui copil din flori. Un copil născut din iubire și durere.

Însă, acel copil era izbânda vieții. Mărturia că legile divine sunt mai presus decât cele omenești.

Dacă ar fi știut să vorbească, Ana iar fi spus... *„Mamă, nu pleca, oricât de greu ți-ar fi! Eu sunt fetița ta!"* Dar cu glasul ei de bebeluș nu putea decât să gângurească și să plângă. Și a făcut-o mult timp după aceea. Până când lacrimile i s-au secat. Dar au rămas acele urme...

Și își mai aduse aminte de acea liniște adâncă, în care își asculta propria voce, plânsetele ce i se zbăteau în aerul rece, camera întunecată, patul acoperit cu un țol, de unde își flutura mânuțele în aer... Nu plângea după pieptul mamei. Căci nu îi era cunoscut. Plângea doar de frică.

Dar acea înfrigurată vacuitate în care se născuse, a fost înlocuită cu o caldă bunătate umană, oferită de cel care o adoptase, din iubire și din milă. Cel care devenise tatăl ei pentru un timp prea scurt, dar până în ultima clipă a vieții sale.

Destinul le-a dăruit zece ani fericiți. Zece ani în care, lângă el, ea devenise o rază vie ruptă din soare.
În nopțile clare, el îi arăta cu binoclul stelele și o îmbia să privească farmecul și măreția cerului.
În zilele de lucru, îi făcuse în biroul lui un cort, unde ea își făurise un colțișor de rai, plin cu păpușele, caiete și creioane colorate. Mai târziu, când crescuse mai mare și se ducea la școală, după ore mergea tot la el, la birou. Se ascundea în cort, unde își făcea temele, apoi adormea liniștită până când tatăl ei termina lucrul.

În acele timpuri era încă firavă și plăpândă. Dar lângă el se simțea altfel. Lipsită de frică. Era înalt, puternic și o proteja de orice pericol. Și tot prin el a înțeles că e valoroasă. Căci era iubită.
Dar mai târziu, a înțeles că acel sentiment, oricât de frumos a fost, era și o iluzie.... era o greșeală să creadă că e valoroasă doar când este iubită de cineva.

Dumnezeu îi dăduse o incontestabilă valoare - viața... și toate calitățile pe care ființa ei le purta în ea. Erau acolo și așteptau să fie descoperite, în primul rând de ea.

În zilele libere, sub zori încununați cu lumină și speranțe de bine, tatăl ei se așeza la masă și scria versuri. În scriitură își găsise tămăduire de vitregiile prin care trecuse și el în tinerețe.

Apoi îi recita poezii. Și Ana îi asculta cu atenție cuvintele. Nu le înțelegea pe deplin. Dar pentru ea aveau o noimă proprie. Erau calde. Frumoase. Binefăcătoare. Odată, îi zămislise și ei câteva poezii. Ana le-a împăturit frumos și le-a ascuns în cuibarul inimii.

După câțiva ani, când s-a îmbolnăvit dădaca ei, tatăl ei a căutat disperat o altă dădacă. Dar nu a găsit. Însă, a găsit o femeie mult mai tânără decât el, cu care s-a căsătorit după un timp, pentru a-i oferi Anei o familie. Dar ea nu-i spunea mamă. O considera o prietenă.

Și viața începuse să curgă, în valuri line, uniforme, aducând cu ea pace și armonie.

Odată, când a venit de la școală, tatăl ei a chemat-o în sufragerie... Avea câteva cărți puse de-o parte pe masă...

- Uite, aici pentru tine... să-ți faci timp să le citești... O colecție prețioasă de Jules Vernes.

Ana strigă de bucurie și se aruncă în brațele lui. Iar inima lui se topi în fericire.

- Cândva, ai să zbori cu inima spre soare și

ai să scrii, draga mea fetiţă!

Ana se uită la el cu ochişorii ei ciocolatii, dilataţi de mirare.

- Mmm. Oare voi putea scrie aşa frumos cum scrii tu, tată?

- Da, vei putea. Simt asta...

- Cum se face că ai aşa încredere în mine?

- Văd prin modul cum citeşti... Şi cum încerci să înţelegi cuvintele. Se pare că te fascinează, că le adori...

- Le ador pentru că le rosteşti tu, tată!

- Ce frumos vorbeşti, copilă! Se emoţionă din nou... Apoi îi zburli buclele maronii, în care se ascunseseră câteva raze de soare.

- Tu ai imaginaţie, dragă Ana! Într-o zi ai să scrii... Îmi promiţi?

- Poate... Ana dădu din cap în semn de aprobare, doar pentru a-l face să zâmbească. Îi plăcea zâmbetul lui. Şi privirea lui caldă şi plăcută.

Şi tatăl ei a avut dreptate. Mai târziu, îşi făcuseră obiceiul de a sta la măsuţa din bucătărie, unde povesteau şi pictau împreună noi versuri. Erau timpuri înmiresmate cu iubire de copil... cu iubire de părinte.

În serile înstelate, îngerii coborâseră până la fereastra lor... să-i privească duios, să-i binecuvânteze cu iubire divină.

CAPITOLUL 3

O IARNĂ NECRUȚĂTOARE

Un țipăt asurzitor străpunse aerul, zguduind ziua mohorâtă de iarnă. Puhoaie de nori deși și plumburii se zbăteau sub privirile zorilor întristați. Țipătul se înălță disperat spre cer.

Dar Dumnezeu tăcea. Și soarta tăcea.

Se auzi doar un zgomot înfiorător... trupul vânjos și puternic al tatălui ei căzu pe covorul persan din sufragerie.

Ana mai țipă încă o dată. Apoi rămase împietrită. Îl privi în adâncimea ochilor. Aștepta un cuvânt. Măcar un sunet.

Dar el nu mai putea vorbi... o privea doar. Din ochi îi ieșea disperare. Pumnii i se încleștaseră și încerca să-și mai înăbușe încă o dată durerea. În colțul ochilor îi curgea lin o ultimă lacrimă. Ultima lacrimă vărsată pe acel
pământ.

Oare era de durere? Oare era pentru regretul că pleca lăsând-o singură?

Se agăță disperat cu privirea în ochii ei și își îmbrățișă pentru ultima dată copila plăpândă și înspăimântată.

Și apăru acea clipă, decisivă și nemiloasă, care îi rupse pentru totdeauna cu cruzime unul de lângă altul. Respiră lung, într-o ultimă răsuflare. Sufletul i se debarasă de greutatea corpului și zbură spre ceruri. Și tot acel cer, se prăbușise dintr-o dată pe inima Anei. Și o zdrobi.

Apoi au venit oamenii... și au cărat trupul tatălui ei afară din casă. Se plângeau că era prea greu de transportat.

Ana alergă după el. Nu putea să înțeleagă ce se întâmplă... Îl mai strigă încă o dată. Dar el nu-i răspunse.

Apoi căzu pe covor, în locul unde căzuse el. Gândurile îi erau încâlcite într-o pâclă deasă. Aproape că-și pierduse mințile. Întinse mâna... *„Ia-mă cu tine, tată!!!! În ceruri sau oriunde! Ia-mă cu tine..."*

După un timp, în ființa ei se așternu gerul. Îi înzăpezi trăirile. O îngropă în noiane albe de spaimă și singurătate. O străpunse cu acea infinită durere pe care nu putea să o înțeleagă la frageda vârstă de treisprezece ani.

Pe pervazul ferestrei apăru un porumbel.

Tic, tic... tic... Gheruțele lui zgâriau tabla. Iar ea se gândi că era sufletul tatălui ei, care s-a întors la ea. Trebuia să fie sufletul lui. Nu se putea altfel. Știa doar că nu poate să plece și să o lase singură.

Stătea ghemuită pe covor, strângându-și genunchii cu brațele ei firave, lipsite de îmbrățișări. Îi strângea cu toată puterea... Era tot ce mai putea strânge în brațe în acele momente. Apoi, gerul ce-i paralizase ființa se transformă într-o flacără sfâșietoare. Și nu știa nici cum să o stingă, nici cum să se liniștească, nici cum să aibă grijă de ea. Ardea doar, în propria durere.

Norii se îndepărtaseră, cărând cu ei în neant suflete despărțite de viață. Câteva raze străvezii de lună ieșiseră printre mormanele cenușii de vapori reci și se târau agale pe strada tăcută.

Era trecut de miezul nopții. Se apropia Crăciunul. În Orașul Florilor, copii dormeau liniștiți în paturile lor, alături de părinți. Veioza din cameră emana o lumină obscură. Ana închise ochii, dar nu putea adormi. Doar în câteva ore, o aștepta cel mai dureros moment din viața ei de copil... După un timp, îi apăru în gânduri chipul tatălui ei, cald și luminos. Îi alină pentru câteva clipe durerile... ca un balsam. Sleită de puteri, căzu într-un somn adânc.

Dimineața veni prea repede. Acea dimineață cenușie, cu zăpadă murdară cu noroi și rafale de vânt tăios ce spinteca răsuflările.

Ana intră în cimitirul albit și tăcut. Păși mărunt și apăsat în capela rece. Tremura de la tălpi până la creștet.

Privi lung trupul tatălui ei, care era pe un soclu în mijlocul încăperii. Nu îi era frică. Suferința îi distruse orice altă trăire. Se ridică pe vârfuri și respirația i se opri. Ochii ei îi căutau privirea. Dar ochii lui erau închiși, pentru totdeauna.

„Cum îmi va fi, fără să te mai privesc în ochi, tată?... *Cum îmi va fi, fără să-ți mai aud cuvintele moi și calde?"* Izbucni în plâns... *„Tată... prea puțin ți-am spus cât te iubesc! Iartă-mă! Credeam că vei trăi o veșnicie..."*

Se apropie mai mult de el. Îi sărută mâna. Mâna lui care i-a dat de mâncare când ea era bolnavă... Mâna lui, în care ea își ascundea mânuța ei firavă... Mâna lui care o protejase de tot răul de pe pământ!

Apoi gândurile și cuvintele i-au amuțit din nou. A rămas pentru un timp lângă trupul rece, neînsuflețit. Apoi i se făcu groaznic de frig.

Din acea dimineață nu mai putea să fie un copil. Viața o aruncase în valuri sălbatice și ea trebuia să se lupte, să înoate la maluri pe care nu le zărea și să rămână în viață cât se putea de intactă.

Adolescența îi flutura din depărtare, aducându-i singurătate și sărăcie. Iar ea porni pe acel drum, cu o inimă zdruncinată de experiențe, care i-au lăsat amprente adânci în interior, în deciziile de mai târziu, în modul cum percepea anumite lucruri și viața.

Se lăsă condusă de intuiție, de instincte, nepregătită pentru vitregiile ce-i ieșeau în cale. Și totuși, natura divină a înzestrat-o cu acel șuvoi de putere, de speranță, care îi apărea în cele mai crunte momente și o aducea din nou la lumină.

Când o ființă pierde iubire, mai ales iubirea părintească, pierde un fragment din propria inimă. Și în acel loc rămâne o rană care nu se va vindeca niciodată.

Inconștient, unii oameni caută acea iubire o viață întreagă. Încearcă să o regăsească prin altcineva sau prin altceva. Dar nu o regăsesc. Căci iubirea de părinte nu poate fi înlocuită cu nimeni și nimic.

Un Crăciun, un Paște, ziua de naștere, o fotografie, o situație anume, ne reamintesc de iubirea părintească. Și atunci, apare o zvâcnire de durere în inimă, o durere care provine nu numai din acea inefabilă pierdere, ci și din dorința de a fi iubit din nou, necondiționat și în profunzime.

Și Ana și-a dorit o viață întreagă un singur lucru: să iubească și să fie iubită.

Când iubești pe cineva care are nevoie de iubire, este ca și cum ai salva o pasăre de la pierire... îi dai speranță, îi vindeci aripile rănite, îi dai putere să zboare.

CAPITOLUL 4

UMBRE ȘI LUMINĂ

Când viața îți va lovi sufletul cu pietrele întâmplărilor, îmbălsămează-ți rănile cu iubirea ce-ți curge în trup. Rănile se vor vindeca... și în locul lor vor răsări flori. Pe cea mai frumoasă dintre ele va rămâne o lecție de înțelepciune.

Ana se urcă în trenul aglomerat, plin cu oameni de toate vârstele. Tineri studenți, care se reîntorceau acasă la părinți și oameni mai în vârstă, de la țară, cu desagii pe umeri care își căutau un colț mai liniștit să se odihnească.

Cât timp tatăl ei a fost în viață, o ducea el în fiecare vacanță la bunici, în Valea Sânzâienelor, la părinții mamei ei. Însă, după plecarea lui în ceruri, a învățat să călătorească singură.

Făcea cinci ore cu trenul, apoi încă o oră cu autobuzul. Când dădea de mirosul de slănină și ceapă din autobuz, de aroma merelor ce ieșea din desagi și de chipul luminat cu bunătate al sătenilor, se simțea „acasă".

- No ai venit fătuță! îi spuneau femeile din sat.

Și Ana se înroșea un pic și le răspundea:

– Ie! ... în vorba lor dulce.

Nu știa ce altceva să le spună.

- No cum o fost drumul? O fi fost lung, dară... de acolo, unde vii, de la oraș.

Și Ana le răspundea din nou, tot un

- Ie, a fost lung... dar nu-mi pasă. Mi-a fost dor să vin la bunici.

- Draga de tine... Să treci și pe la noi, că facem pup cu varză.

- Bine... Mulțumesc! Și era din nou bucuroasă.

Apoi femeile tăceau și se uitau lung la ea, cu o bunătate presărată cu un pic de milă...

Când se dădea jos din autobuz, inspira adânc în piept aerul proaspăt. Apoi se uita în jur și îmbrățișa împrejurimile, pădurile îmbrăcate în verde umbrit, cu brazi lungi și reavăni, îndesați unii lângă alții, câmpiile aurii și dealurile chipeșe.

Prin mijlocul satului trecea un râu, bătrân, dar încă zglobiu. Și tot acolo erau și cele două biserici, cu turle lungi ce se înfigeau în înălțimi. Casele erau înșirate ca pe un fir de mărgele, cu garduri legate una în alta. În spatele lor se întindeau grădini cu zarzavaturi, cu pomi fructiferi și viță de vie. Dealurile erau catifelate cu un verde senin. Sub ele mișuna viața. Tot în acele locuri, legile străbune erau cioplite pe conștiința fiecărui sătean și datinile erau păstrate cu onoare.

Ana pășise pentru prima dată pe calea satului la vârsta de trei ani. Atunci când bunicii ei, Lenuța și Anton a lui Șurianu, au aflat că fata lor, Măriuca, a dat naștere unui copil din flori.

Când au mai aflat prin ce suferințe a trecut Măriuca și că din cauza sărăciei și bolii ce o năpădise a fost nevoită să-și dea copilul în adopție, regretele le-au strivit inimile. Ca pietrele rupte de pe crestele munților, remușcările s-au rostogolit peste ei, făcându-i să plângă zi și noapte.

Dar și-au găsit alinare în ziua când Domnul, așa cum îi spunea sătenii, a adus-o pentru prima dată pe Ana la ei. Și, când au strâns-o în brațe, au fost copleșiți de emoții. Căci în ea curgea și sângele lor. Și ea se lipise de ei din primele clipe, căci inimioara ei de copil căuta iubire.

În acel sat de munte și-a petrecut în fiecare an vacanțele de vară. Se bucura din plin de fiecare zi petrecută în Valea Sânzâienelor. În diminețile când mergea cu bunica ei în grădina fermecată, se așeza pe iarbă și privea fascinată natura, prunii, vița de vie, piersicii și bureții albi ieșiți după ploaie.

Adora florile de Ciuboțica Cucului, ce-și oglindeau adeseori chipul, ca și ea, în oglinda zorilor. Alteori, se rostogolea prin lanuri de flori sălbatice, se afunda în iarba deasă și cânta cu păsările din pruni și meri. Și îi mai plăcea să colinde prin livezi înmiresmate cu cântec de greieri și să calce pe cărări bătucite de pași de furnici.

În puținul timp petrecut împreună, bunicii au învățat-o să iubească animalele, să aibă credință în Dumnezeu și să respecte oamenii. Bunicul îi făcuse o furcă, pe care Ana o purta cu mândrie pe umăr, când mergea cu el la adunat de fân. Animată de mirosuri fragede de iarbă cosită, învățase să adune clăi, pe care Anton Șurianu le îndesa în căpițe mari de fân.

Când serile își deschideau porțile, aprindeau flacăra lămpașului și se răsfățau în bunătatea clipelor.

Bunicul îi povestea despre război. Din când în când, o mai zgâlțâia câte o întrebare, dar după ce înțelegea rostul lucrurilor, se liniștea. Uneori, adormea pe poalele bunicii.

Însă, timpul petrecut cu bunicii ei era numărat în zile. Mai ales după moartea tatălui ei, i se părea dureros de scurt. Iar ea trebuia să se întoarcă înapoi, în orașul îndepărtat, unde îi era adevărata viață.

Şi chiar dacă ar fi rămas cu ei, ce putea să facă acolo? Bunicii ar fi trimis-o cu vacile la păscut, apoi mai târziu s-ar fi măritat cu un băiat din sat.

În Oraşul de pe Bega era la cel mai bun liceu. Trebuia să-l termine. Trebuia să înveţe, aşa cum o învăţase tatăl ei să fie, o luptătoare. Când venea timpul să plece, ofta şi lăcrima.

Îşi împacheta lucrurile şi se întorcea din nou în oraşul îndepărtat. Acolo unde se născuse şi crescuse, acolo unde îşi căra pe spate greutăţile.

Pentru ea, Valea Sânzâienelor era tărâmul dulce unde îşi vindeca rănile. Dar rămânea doar un tărâm de vis. Căci viaţa ei reală se petrecea în afară, printre străini.

Copiii din sat o admirau. Dar nimeni nu-i cunoştea durerile. Căci nu s-a plâns niciodată la nimeni.

*****

Centrul Oraşului de pe Bega era împodobit cu panseluţe şi lăcrimioare. Un porumbel se aşeză pe marginea Fântânei cu Peşti şi se uită cu curiozitate în jur. Era înveşmântat în gri, cu guler albastru-verzui şi pântec alburiu. *„Hai la mine...!"* îi şopti Ana...

Porumbelul o privi cu ochişori vioi. Stătea acolo, parcă împietrit. Apoi dintr-o dată... vffff... îşi întinse aripile şi zbură pe o creangă împodobită cu floricele de tei.

Gândurile Anei începuseră să-i zumzăie ca un roi de albine.

„Oare ce simt porumbeii? Ce gândesc? Pentru ei lumea e atât de diferită. Totuşi, avem în comun atât de mult! Frumuseţea şi vitregiile vieţii, iubirea, lupta, suferinţa, foamea, efemeritatea... Dar păsările au mai multă înţelepciune decât unii oameni. Nu distrug natura, nu îşi ucid în masă confraţii în războaie, nu ucid alte vietăţi din plăcere, nu ştiu să tortureze, să schingiuie, să condamne."

În Oraşul de pe Bega, viaţa era un contrast. Lumea era atât de diferită de cea din Valea Sânzâienelor. Oamenii, comportamentul şi obiceiurile lor, aspiraţiile şi gândirea lor erau diferite. În lumea ei de la oraş existau mai puţine cuvinte calde.

Încerca să discearnă între bine şi rău... Să înţeleagă viaţa. Uneori, se întreba cum ar fi fost dacă ar fi crescut sub privirile calde ale mamei. Oare ar fi fost altfel? Ar fi făcut alte alegeri? Dar în realitatea ce-i fusese sortită, încercările o aşteptau nerăbdătoare. Şi ea era încă o copilă.

Împlinise cincisprezece ani și primise pentru prima dată un compliment, atunci când i s-a pus acea banderolă pe umăr... „Miss Boboc 1985."

În acea după-amiază, se lăsă cuprinsă de vraja momentului, intimidată de acel sunet lung de aplauze din fața ei. Se simți copleșită de un nou necunoscut. De trăiri contradictorii: bucurie, teamă, timiditate. Toate tindeau spre un nou adevăr. Și în acel noian de trăiri, a înțeles pentru prima dată că cei din jur o considerau frumoasă.

Dar încă nu știa că frumusețea nu era o garanție pentru a fi fericită. Dimpotrivă, adeseori oprea privirea la suprafață și oamenii deveneau indiferenți pentru ceea ce era în interior. Bucuriile, teama, încercările, calitățile, dorurile și rănile inimii nu se arată decât celor care au ochi să le vadă.

Câteva ore trecuseră repede. Se făcuse seară, când se îndreptă spre casă cu o bucurie amestecată cu teamă. Era târziu. Începu să tremure. Își cunoștea prea bine realitatea în care trăia. Acasă, dintr-un colț al bucătăriei o întâmpină strigătul furios al femeii care ar fi trebuit să aibă grijă de ea. Văzu doar o foarfecă aruncată spre ea... Se dădu la o parte și lama ascuțită îi tăie o bucățică de piele de pe mână. Se sperie, fugi și se ascunse în cameră.

Dar în toată jalea se simți norocoasă... *„Bine că nu mi s-a implântat în inimă"*... șopti, cumva ușurată. Se ghemui pe covor și își strânse genunchii în brațe. Nu știa să urască. Acel sentiment nu l-a avut niciodată.

Se trezi spre dimineață pe covorul cu Alba ca Zăpada. Lacrimile încă îi mai ardeau pe inimă. Își privi în oglindă chipul secerat de timpuriile greutăți și își promise că odată îi va fi mai bine.

Apoi auzi din nou gheruțele porumbelului scrijelind și tropăind pe pervazul ferestrei. Se liniști un pic, crezând că era sufletul tatălui ei.

Se apropia Crăciunul și ea se zgribulea în frigul ce-i cutreiera ființa... *„Cât de singur poți să fii chiar și atunci când ești înconjurat de oameni!"*... îi șuieră un gând la ureche.

În acele vremuri obișnuia să se ducă la Catedrală să se roage. Așa o învățase tatăl ei. Ca o ofrandă, își punea suferințele pe treptele altarului Și, de obicei, se însenina.

Dumnezeu nu o uita. Căci în ciuda tuturor vitregiilor în ea creștea lumină.

Zilele treceau una după alta. Deveneau o mână de cenușă în lumea efemeră. Timpul știa să șteargă multe fapte, multe întâmplări. Dar unele fapte rămân. Se transformă într-o picătură de sânge împietrită pe pânza vieții. În timp, Ana a înțeles că omul care a rănit-o și omul care a iubit-o, nu se pot uita niciodată.

CAPITOLUL 5

VISE...

„Nu contează cât de încet mergi, atâta timp cât nu te opreşti." - Confucius

Afară începuse furtuna. Ziua îşi scutura înverşunată coama plină cu vânturi, învolburând aerul cu particule fine de praf. Păsările se zbăteau gălăgioase sub privirile ameninţătoare ale norilor întunecaţi, încercând să-şi menţină echilibrul.

Ana privea spectacolul naturii cu îngrijorare... *„Oare ce simt inimioarele lor plăpânde? Şi cât de curajoase sunt aceste păsări... înfruntă singure vrajba văzduhului!"*

Oftă uşor. Un fulger încărcat cu electricitate încercă să despice cerul. Doi nori uriaşi îşi izbiseră frunţile una de alta, ca doi tauri încăpăţânaţi. Pe pământul năclăit cu apă căzu un zgomot asurzitor.

Ana se aşeză pe pat şi îşi acoperi picioarele cu o pătură. Privi de acolo natura, în măreţie şi luptă. O admira! *„Ea are o logică, atunci când luptă. Altfel, decât* *luptele oamenilor... Oamenii din oraş se grăbesc să se ascundă în blocuri. Au devenit fragili, mai puţin curajoşi. Caută încontinuu siguranţă şi protecţie, de obicei venite din partea altora. Şi dacă nu o primesc devin furioşi. Sunt altfel decât păsările şi natura, care stau afară şi înfruntă focul soarelui, mânia furtunilor şi suflul îngheţat al gerului. Se vindecă singure. Se protejează singure de primejdii."*

Coroanele de arbori, răvăşite şi sărace în verdeaţă, se clătinau într-o parte şi în alta. Trunchiurile celor mai plăpânzi îşi înfipseră rădăcinile mai adânc în pământ, pregătiţi şi ei să înfrunte furtuna.

O pasăre luată de vijelie străpunse văzduhul cu strigăte păsăriceşti. Îşi pierduse controlul. Se pare că viaţa îi atârna în mâna destinului. *„Fiecare vietate pe pământ are propriile încercări..."* Ana oftă din nou.

Nu putea să le vadă că suferă... *„Dacă aş putea să zbor, aş salva-o din ghearele vântului. Dar, poate, e mai bine să înveţe şi ea, ca şi celelalte păsări să lupte. Să fie mai puternică. Aşa cum trebuie să învăţ şi eu să lupt, chiar dacă mă simt uneori atât de fragilă ca şi ele."*

Se mai gândi, cât de mult depind unele momente din viaţă de o forţă exterioară, de natură, de împrejurări, de coincidenţe sau de o altă fiinţă. O forţă care are puterea să aducă trăiri extreme, de fericire sau de o sfâșietoare durere.

Începuse să se împace cu soarta. Începuse să zâmbească din ce în ce mai des și chiar să viseze. Visa să facă o facultate, să aibă o viață decentă. La liceu se înțelegea mai bine cu băieții decât cu fetele. O fascinau discuțiile despre univers și despre toate misterele din lume. Îi plăcea istoria și se pregătea pentru olimpiadă. La orele de filozofie, gândurile îi erau alerte. Filosofia o instiga la reflecții și spera că prin ele ar putea găsi și remedii spirituale.

Uneori se rătăcea în lumea lui Platon, inspirată să se descopere, să-și înțeleagă puterile și slăbiciunile. Alteori, colinda în comorile lăsate de Aristotel să găsească acele răspunsuri despre fericire.

Oare chiar depindea fericirea de ea? Și dacă da, cum putea să afle acel mister încă nedeslușit de omenire? Apoi se gândea că dacă ar fi fost adevărat ceea ce spunea acel filosof, viața ar fi fost prea simplă... Îl considera un vânzător de iluzii.

„Oare există acea mare, unică iubire?"

Gândul începuse să-i colinde interiorul din ce în ce mai des... Zâmbea. O emoționa. Apoi fugea de el. Se ducea să privească răsărituri cu revărsări de lumină. Să-și croiască pe ele vise noi, proaspete, inocente. Își dorea să aibă aripi, să se înalțe deasupra a tot ce o trăgea în întuneric și în capcane.

Singurătatea încă o mai durea. Dar nu mai era atât de greu de suportat ca și în primii ani. Când se simțea singură, se obișnuise să citească o carte. Se pierdea în lumea personajelor, trăia cu ele. Iar la sfârșit, când revenea la realitate, se simțea mai bine. Unele pasaje din cărți îi rămâneau în memorie. Îi țineau de urât. Tot din cărți descoperise că există destine mai grele decât ale ei și acest fapt o consola. Și, de fapt singurătatea era și o nouă șansă de a se cunoaște pe ea însăși mai bine. Așa cum o îndrumaseră înțelepții filosofi.

Colegii de liceu o considerau o nebunatică. Uneori îndrăzneață, plină de energie și entuziasm, alteori timidă. Seva ființei ei devenise mai curajoasă. Pașii îi erau mai apăsați, statura dreaptă, cu ochii privind înainte.

Când era copilă se apăra inconștient de micile pericole. Dar în timp, începuse să fie și mai precaută, mai atentă. Căci pericolele creșteau în mod proporțional cu vârsta. Iar ea devenise feminină. Începuse să se apere de priviri îndrăznețe, dar și de priviri invidioase.

La liceu, nimeni nu-i putea privi interiorul. Nimeni nu-i cunoștea lacrimile, nimeni nu-i zărise acea durere încremenită pe bolta inimii, dorul de căldura umană, frica de mâine, teama de necunoscutul care o aștepta. Îi era teamă și de vicleniile oamenilor.

Câteodată, furtunile din interior pot da naștere la o formă superioară de trăiri. De un dor aprig, de ceva anume. Zbuciumul inspiră, căci ne împinge să descoperim noi profunzimi. Iar ofranda lor poate deveni o nouă formă de iubire.

CAPITOLUL 6

DORIAN

„Trebuie să ai haos în tine pentru a naște o stea
dansatoare" – Nietzsche

Era o după-amiază caldă de vară. Trandafirii din parcuri se odihneau moleșiți în căldură. Și râul ce trecea prin oraș se înfierbântase, curgând și clocotind sub privirile melancolice ale salciilor plângătoare. Clipele pluteau lin în aerul cald, printre bătăi de aripi de fluturi și de păsări însetate de apă și răcoare. Din când în când, se auzea câte un sunet lung de tramvai ce avertiza pietonii. Dar în rest, peste Orașul de pe Bega domnea o adâncă pace.

Ana își netezi rochia albă cu palmele, croită după forma corpului până la genunchi și decorată fin cu albăstrele. Împlinise de curând șaisprezece ani. O colegă de liceu o invitase la ea acasă la un mic party.

Ana trecu grăbită peste liniile de tramvai, traversă Parcul Trandafirilor, Piața de Fân și ajunse pe o stradă îmbrobodită cu case.

Se opri în fața unei grădini cu viță de vie. Deschise portița și se îndreptă spre ușa din care ieșeau frânturi de muzică. Râsetele stridente se rostogoleau până afară, pe poteca din grădină. Ana intră pe ușa întredeschisă, unde o întâmpină o atmosfera vivifiantă.

Dar după-amiaza a adus cu ea și o nouă mreajă a sorții, care o luă prin surprindere. Confuzie și stupoare.

Acolo, într-o cameră slab luminată, îl cunoscuse pe Dorian, pe cel care îi va îndrepta pașii spre cărări nemaiîntâlnite...

- Dansezi?

Ana se uită lung la tânărul din fața ei. Nu-i răspunse. Simți doar o ușoară timiditate. Pe obrajii colorați de soare îi apăruseră două pete trandafirii.

- Înțeleg că este un „da"... Și el zâmbi când o luă ușor de mână.

Nu se împotrivi... Ceea ce o surprinse. De obicei era precaută și nu se lăsa atrasă în brațele unui străin.

Era pentru prima dată când dansa cu cineva. Și oricât de stranie și necunoscută îi era acea apropiere, acele momente i se păreau firești. Poate pentru că instinctul înțelege uneori mai mult decât conștientul ceea ce se întâmplă sau ceea ce va urma.

Sunetele melodiei și vocea lui Lionel Rickie avea un efect sedativ, pașnic și plăcut...

„Say you, say me"...

Apropierea de el începuse să o intimideze din ce în ce mai mult. Degetele lui îi apăsau ușor mijlocul. Palma lui se lipi de palma ei. Simți un fior... căldură, teamă, emoție.

- Ana... îi șopti tânărul. Deci așa te cheamă...

- Are vreo importanță?

Glasul ei se zbătu neputincios în aer.

- Da, pentru mine are...

- De ce? îl întrebă aproape șoptit.

- Pentru că așa simt... că are.

Ana tăcu. Încerca să-și mențină controlul emoțiilor. Dar realiză că nu mai avea nicio importanță. Au continuat să danseze...

Câteva raze dintr-un asfințit de soare le năpădi trupurile. Melodiile începuseră să curgă agale, una după alta. Și clipele deveniseră mai profunde, parcă aducând cu ele o nouă menire. Respira mai lent și mai lung, în timp ce el îi rostea cuvinte suave.

Cuvintele lui i se lăsau ușor pe piele. O înfiorau. Se predă momentelor... Își întinse brațele pe umerii lui. Degetele ei îi atingeau părul lui, căzut după urechi. Îi privi chipul cu trăsături fine, ochi ciocolatii și buze conturate frumos. Inspiră o boare din parfumul lui. O atrăgea, o învolbura, o entuziasma.

Pentru un timp, nu s-au oprit din dans. Se temeau să nu spulbere acea vrajă care le acaparaseră simțurile.

- Ana... repetă el din nou. Parcă îmi ești cunoscută...

Avea o voce joasă, calmă, cu ecou plăcut, ce rezona încredere și maturitate.

- Ți se pare numai...

- Îți simt teama, puritatea, sensibilitatea.

Ana se simți dezgolită. Avea dreptate. Dar încercă să-și ascundă trăirile.

- Sau poate sunt doar o reflecție din ceea ce
simți tu...

- Poate...

Și el începu să-i povestească ceva... Dar ea îl asculta mai puțin... îi simți din nou șoaptele, ce i se așterneau pe obraz, pe umăr, îi alunecau pe trupul inocent. Trăirile începuseră să i se zbată în interior. Alergau dintr-o parte în alta, copleșite de o necunoscută plăcere. Inima îi fremăta sub pulsul ce-i creștea, alert.

Apoi s-au oprit. Le era sete. Uitaseră complet de cei din jur. Când Dorian se îndepărtă să schimbe câteva cuvinte cu gazda, Ana îl urmări lung. Privirea ei încerca să-l mai țină pentru câteva momente lângă ea.

Purta o cămașă albă ce îi stătea bine pe umeri și blugii îi erau strânși cu o curea maro de piele. Câțiva nasturi de la cămașă erau deschiși și pe pielea bronzată îi sclipea o cruciuliță atârnată de un lănțișor. Era frumos. Prea frumos. Și asta o neliniștea. Apoi se gândi să plece... Să fugă de el. Dar nu, nu putea!... Mreaja îi infiltrase corpul, sângele.

Apoi el s-a apropiat din nou de ea. Zâmbi seducător și ea deveni moale, doritoare de mai mult...

- Hai cu mine!
- Unde?
- În adâncimea nopții... Știi cum se simte noaptea după ploaie?
- Da, știu... Dar nu am simțit-o niciodată împreună cu tine...

Dorian o luă de mână și ieși cu ea pe strada scăldată de lumina lunii. Tăcerea li se lăsă ca o rouă caldă pe inimile învolburate de emoții. Pământul respira intens lăsând la suprafață aburi moi și calzi. Bălțile luceau subtil și aerul era încărcat cu mirosuri de trandafiri, răpite de vânt din grădinile localnicilor.

Un claxon de mașină rupse pentru câteva momente tăcerea. În acea noapte și stelele păreau altfel... duioase, blajine.

Pașii li s-au pierdut pe străzi șerpuitoare, străbătute de umbre și lumină. Casele răsăreau din întuneric, una după alta, cu acoperișuri apăsate, cu garduri încărcate de flori cățărătoare ce se legănau în vânt.

Trăiri noi și necunoscute se roteau în lumina lunii.

- Ana, nu ți-e teamă să cutreieri străzile cu mine?
- Nu... Nu mi se pare că ești un străin... Zâmbi și dinții ei albi străluceau frumos.

Dorian o privi lung și un pic surprins.

- Așa simt și eu... Simt că te cunosc de-o veșnicie. Și propriile cuvinte parcă îi răscoliseră și lui interiorul...
- Da! În altă viață am fost împreună, mai ții minte? Eu eram ferecată într-un castel și tu erai prințul salvator... Și Ana începu să râdă.
- Iar tu mă iubeai ca o nebună...
- Ha, ha... Nu mai știu căci eram adormită.
- Dar ți-am reamintit că mă iubeai atunci când te-am sărutat... când te-am trezit din veșnicul somn... Mai știi? Dorian zâmbi, distrat...

Ana se înroși. Întunericul îi făcea o favoare. În același timp, simți o exaltare, o nouă speranță de bine. Un val de emoții îi străbătu din nou trupul. Se scutură fin.

- Nu am nicio idee ce este iubirea...
- Nici eu... îi răspunse Dorian.

- Dar știi că iubirea aduce suferință?! În toate poveștile de dragoste e un dram de durere...

Dorian o privi din nou lung și gânditor. Lumina lunii se oglindea în ochii ei căprui. Zări buzele Anei, rotunde și frumoase, înmiresmate cu un surâs fermecător.

- Ana, nu mi-e teamă de suferință...
- Nici mie... Am cunoscut-o îndeajuns... îi răspunse ea aproape șoptit.

Dorian rămase tăcut. Și în acel moment simți un fior în piept...

- Cred că ești o ființă specială, îi șopti el înapoi. Ești altfel...

În aer plutea respirația lor caldă și atâtea cuvinte nerostite... ale lui, ale ei. Temerile dispăruseră. Se simțeau dezgoliți de orice neîncredere, de orice înstrăinare.

Apoi s-au lipit cu spatele de zidul unei clădiri și au privit bolta înstelată. Sub tălpile lor asfaltul era cald. Dorian își lipise palma de palma ei și degetele li s-au încrucișat. I-a strâns mâna, ușor.

- Vrei să colindăm universul? Glasul lui lent și moale aproape că îi atinse buzele...
- Da... Și Ana se entuziasmă și mai mult...

- Uite, acolo, un șuvoi de lumină ce curge din lună... Pe el putem să colindăm oriunde... să zburăm peste oceane...
- Chiar e posibil?
- Închide ochii și ai să te convingi...

Ana se uită mirată la el. Apoi deveni docilă, a închis ochii și l-a urmat...

Zări o herghelie de emoții galopând pe cerul înstelat. Zâmbi. Le recunoscuse cu ușurință. Erau scăpate din pieptul ei.

- Vezi, acolo, dincolo de înălțimi, acel pârâu stelar?

Ana își lăsă imaginația liberă... Și în fața ei apăru o splendoare de lumini, ce curgeau ca un fluviu spre neant.

- Oaaaauuu... văd... !!!

Apoi au alergat prin praful lăsat de goana unei bătrâne planete. Erau împreună. Și totul era fascinant... Și parcă doreau să rămână mai mult acolo, departe de o realitate care le-ar putea spulbera visul.

După un timp, Ana deschise ochii. Se uită la ceas. Se făcuse târziu... Dar nu-i mai păsa. El avea încă ochii închiși și parcă îi zări o trăire de fericire șerpuindu-i pe chip.

- Dorian, îmi place imaginația ta...

Iar el deschise ochii și îi zâmbi.

- Fără imaginația ta, călătoria noastră nu ar fi fost posibilă... îi șopti, sărutând-o dulce pe obraz.

Amândoi deveniseră însetați de fericire, de speranțe... copleșiți de o forță necunoscută, irezistibilă.

Păreau două ființe care s-au iubit demult și care se regăsiseră după sute de ani.

- Sper să ne revedem în curând... îi șopti el, având senzația că începuse deja să-i fie dor de ea.

- Și eu...

Apoi Ana alergă să prindă tramvaiul care o purta din nou în singurătate...

CAPITOLUL 7

DEZVĂLUIRI...

Culoarea cerului se strecura molcom pe străzile Orașului de pe Bega. Se amesteca în verdele scuturat de copaci, cu cenușiul asfaltului, cu castaniul plopilor, cu galbenul tramvaielor.

Seninătatea cerului se strecură și în camera vastă, cu perdele lungi de culoarea cireșelor. Ana stătea lungită pe pat. Se uită la ceasul de lângă noptieră. Mai avea câteva minute de relaxare înainte de ora de sport.

Au trecut două săptămâni din acea seară, când îl întâlnise pe Dorian. Între timp se mutase la internatul liceului. Cei de la autoritatea tutelară hotărâseră că era mai bine pentru ea. Și aveau dreptate.

Nu mai poseda nimic. Nici camera ei de copil, zămislită cu atâta iubire de tatăl ei, nici colecția de Jules Verne, nici covorul cu Alba ca Zăpada. Avea o uniformă de școală, manualele de la școală și o geantă cu două schimburi de haine, de sport și de duminică.

Locuia în cameră cu câteva colege din satele de lângă frontieră. Dar la sfârșitul săptămânii ele plecau întotdeauna acasă, la părinții lor. Și ea rămânea singură, citind cărți împrumutate de la bibliotecă. Și tatăl ei a avut acasă o bibliotecă mare, cu câteva mii de cărți. Din păcate, reușise să citească doar o mică parte din ele.

Nu îndrăznea să se mai gândească la Dorian de teamă că inima îi va fi rănită. Încerca să-l uite... Însă, cu cât se străduia mai mult, cu atât trăirile i se revoltau și mai tare. Nu!... Nu putea să uite acele clipe îmbălsămate cu fericire!

Apoi, le-a ascuns într-un loc din adâncimea ființei și le-a numit „amintiri". Dar ele strigau mai departe. Și gândurile i se roteau confuze, între uitare și căutare. Parcă își împletiseră din dorințe o frânghie, care o trăgeau neîncetat spre el. Dar nici măcar nu știa unde să-l găsească.

Avea de la el doar un mănunchi de clipe minunate, pe care încă le purta în priviri. Și au mai trecut câteva zile, până când lumina lor s-a stins. Și în căpruiul ochilor a apărut doar acea umbră pământie, de resemnare, de tăcere.

Dar într-o zi, când se îndreptă spre ieșirea din curtea liceului, îl zări acolo, în fața porții. Stătea cu coatele rezemate de balustradă și o privea cu un zâmbet larg și frumos.

În acea clipă, Ana își dori să alerge spre el. Dar se stăpâni. Inima nu-i mai bătea. Amuțise. Sau îi fugise înainte și era deja lângă el. Dorian se apropie încet.

- Hei, ești supărată pe mine?

Ținând în frâu trăirile ce i se răzvrăteau în interior, Ana își împinse o buclă rebelă după ureche și îi răspunse cald, cu o privire dreaptă:

- Nu. De ce?
- Pentru că te-am lăsat să aștepți.
- De ce ești atât de sigur că te-am așteptat?
- Pentru că simt, Ana... Îți simt trăirile. Le văd în priviri.

Ana tăcu. Același lucru i-a spus și în acea seară. Și știa că are dreptate. Încetă să fie ceea ce nu era... indiferentă. Îi zâmbi și surâsul ei se răsfiră în aerul cald... se topi în ochii lui.

Dorian o luă ușor de mână. Și ea nu se împotrivi.

- Unde? îl întrebă într-un murmur.
- Așteaptă... În acele clipe își dădu seama că îi fusese un dor nebun de ea.

Pașii lor s-au îndreptat spre străzile lungi și pline cu forfotă, au trecut pe lângă tramvaiele șerpuitoare ce șuierau ascuțit și repetat, s-au strecurat printre studenții cu mapele sub braț, printre muncitorii ce ieșiseră de la fabrică și mămicile grăbite să-și ia copii de la grădiniță.

După un scurt timp, gălăgia se stinse și totul încetini. Au ajuns într-un loc liniștit pe malul unui râu ce traversa de-o mică veșnicie orașul. Sub argint scăpărat din soare, vântul le împrospătă chipurile umezite de căldură.

Apoi s-au așezat pe o bancă. Cuvintele li se împotmoliră în căldură sau poate preferau să mai zăbovească... să rămână nespuse.

- Dorian, de ce ai venit?
- Mi-a fost dor de tine... îi răspunse el lent.
- Dar de ce să-ți fie dor? Mă cunoști prea puțin. Iar eu nu sunt acea ființă pe care tu ți-o imaginezi...
- De unde știi?
- Pentru că știu. Sunt o fată simplă... Extrem de simplă... Și nu am nimic... Nici familie, nici măcar un loc numit „acasă"...

Își întinse privirile spre coroana copacului cu frunze rotunjite... Dorian reflecta. Încerca să-și aleagă delicat cuvintele.

- Ana, ai citit vreodată ceva de Carl Jung?
- Nu... Absolut nimic... îi răspunse, un pic fâstâcită de schimbarea de subiect.

- E un filosof elvețian. Am citit recent o carte scrisă de el, „Memoriile, visele, reflecțiile." Jung spunea că cine privește în afară, visează; cine privește în interior, se trezește.

Ana îl privi un pic surprinsă. Apoi se gândi că așa sunt tinerii... Le place să se arate maturi.

- Poate îmi împrumuți și mie cartea... Dar ce are de a face cu mine?

- Desigur, am să și-o aduc în curând... M-am gândit că are de a face cu tine. Îmi spui că ești o ființă extrem de simplă. Simplitatea e frumoasă. Dar când te referi la ea ca o lipsă de valori, este pentru că încă nu ai privit în adâncul ființei tale. Ceea ce este valoros este acolo, în interior.

Cuvintele lui păreau să scapere lumină... o îmbia spre cugetări.

Ana nu-i răspunse imediat. Se mira de acea undă de maturitate ieșită dintr-un tânăr de optsprezece ani. Oare cum să-i spună cât de mult se temea să privească în interior? Ce ar vedea acolo? O inimă fragilă, care încă mai tremură în răni nevindecate?

- Dacă închizi ochii și pășești înăuntrul ființei tale, vei descoperi o nouă lume, continuă Dorian.

- Tu ai descoperit-o?

73

- Abia am început să o descopăr... Să înțeleg ce simt, ce gândesc, ce-mi doresc. De aceea am venit să te caut... Pentru că ți-am descoperit chipul în gândurile mele, pe pereții simțurilor mele... După ce ai plecat, ceva din ființa ta a rămas cu mine.

Pe obrajii Anei apăruseră două umbre trandafirii. Și nu mai știa ce să spună... Mâinile îi fremătau și inima încerca să-i sară afară prin bluza lăsată moale pe piept. Privirea lui căpruie, străbătută de verde de salcie, îi aduse liniște. Emana căldură. Și temerile ei s-au risipit.

Ana se așeză pe covorul de iarbă, își încrucișă picioarele și închise ochii. Se adânci pentru câteva momente în interior... Și el făcu la fel. Savură împreună cu ea acea liniște. Își puse mâna pe piept. Și Dorian simți o iubire nebună ce îi ardea înăuntru... Începuse să o iubească.

În ființa ei, nu întâlni nici țipete, nici durere, nici duhuri amenințătoare, nici ghearele sorții care așteptau să o prindă... Își întâlni inima... O inimă fragedă ... O privi și se minună de frumusețea ei. Și rămase pentru câteva clipe să-i tălmăcească cuvintele. Să-i înțeleagă mai bine suspinele. Și le auzi... Clare și calde. Se emoționă până la lacrimi. Apoi deschise ochii...

Apusul devenise de culoarea mierii și râul încă mai era îmbibat cu fâșii albastre căzute din cer. Își trecu degetele prin iarba înmiresmată cu viață. O nouă claritate i se topi pe buze... Se lăsă în brațele lui. Și roua din ochii ei i-a umezit cămașa... Și el se emoțină un pic cu ea.

- Îți rămân recunoscătoare... îi șopti. Prin tine mi-am zărit pentru prima dată inima.

Și îi zâmbi în roșu aprins.

El se aplecă și îi atinse ușor buzele cu degetul. Ana simți căldura buzelor lui pe ale ei. Ca o binecuvântare, câțiva franjuri aurii din apusul soarelui alunecaseră pe chipurile lor. I se părea că delirează. Și el avea aceeași senzație. Și mai sesiză o inefabilă plăcere ce-i curgea lin în interior și, ca un balsam binefăcător, îi aducea alinare, îi tămăduia rănile.

Se uită mirată în ochii lui. Atrasă de o forță invizibilă, simți cum o parte din ea dispăruse în adâncimile nepătrunse ale ochilor lui. Și rămase acolo pe vecie.

CAPITOLUL 8

PLANETA ÎNDRĂGOSTIȚILOR

Zilele se transformaseră în clipe... Acele clipe argintii în care, pe covorul fraged de iarbă, își șopteau primele șoapte de iubire. Împreună cu el începuse să descopere mirajul vieții, acea energie divină dăruită de Dumnezeu oamenilor ca să-și aline durerile pământești.

Nu știa dacă el avea vreo durere. Nu i-a spus nimic. Ceea ce știa era că se lupta cu el însuși, să devină din ce în ce mai bun.

Ana era pentru prima dată iubită de un tânăr, pentru prima dată dorită... Și orice lovitură a vieții ar fi venit, îi părea să fie mai ușor de suportat.

Cu siguranță, erau și alți tineri care ar fi dorit să iasă la plimbare cu ea... să-i fie aproape. Dar indiferența ei apărea în fața lor ca o poartă închisă pentru lumea din afară. Iar numai ea avea cheia de a o deschide, de a lăsa pe cineva să pătrundă în lumea ei.

Dorian o privi lung... Părul ei castaniu îi cădea în cascade ondulate peste umeri, pe piept. Câteva bucle îi atingeau mijlocul. Maroniul din priviri emana o plăcută căldură. Contrasta cu buzele pline, de culoarea trandafirilor îmbrăcați în roșu intens. Devenise feminină. Prea feminină. Și asta îl neliniștea. Cum putea să o țină lângă el? Să fie numai a lui...

- Ana, într-o zi vei fi pentru totdeauna a mea, iar eu complet al tău... îi spuse cu acea voce calmă și moale, care o înfiora.

Iar ea îi șopti doar...

- Taci!... Și încerca să nu spulbere acele cuvinte ce-i seduceau trupul, ființa și fiecare gând.

Și el tăcea, savurându-i din nou chipul, trupul, zâmbetul... și tot ceea ce era ea.

Era acel timp prețios, dăruit de soartă, ireversibil și efemer, când inimile li se scăldau în inocenta iubire. Și i se mai părea că însăși natura, păsările, cerul, soarele și luna, totul se transformase în iubire. Pură iubire pentru ea.

Iar sufletul Anei se lepădase de tristeți. Se alinta în vocea lui, se dezmierda sub franjuri de vise noi, vivifiante.

Copacii din jur le ascultau șoaptele... și pe iarbă se așterneau suspinele plăcerii. Ale acelor săruturi tandre ce lăsau fiori de neuitat.

Trăiri ce vor rămâne pe vecie vii în ființa lor, gravate în memorie, în inimă și pe poarta fiecărui an ce se va închide în spatele lor.

Cândva, acele trăiri vor deveni amintiri încărcate cu emoții, flăcări pâlpâitoare, care le vor înmiresma interiorul cu o caldă lumină.

Adorau să fie împreună, să-și împărtășească gândurile, să cugete, să pătrundă în misterele cerului, ale pământului, să înțeleagă mai bine natura umană.

Într-o zi Ana în spuse...

- Dorian, am să-ți destăinui o legendă despre lună. Am citit-o recent într-o carte.

El zâmbi cu tandrețe și se cuibări lângă ea...

- Te ascult nerăbdător...

- Este despre „Legenda celor două surori" și provine din triburile native americane. Te interesează?

- Hai, Ana, nu mă mai ține în suspans! Își mușcă ușor buza inferioară să rămână serios și concentrat.

- Ai răbdare... Se spune că Soarele și Luna erau inițial două surori care trăiau pe Pământ. Soarele era sora mai mare, puternică și radiantă, în timp ce Luna era sora mai mică, blândă și senină.

- Erau frumoase? Dorian îşi stăpâni un râs înfundat.
- Taci şi ascultă!... continuă Ana. Pe măsură ce creşteau, Soarele strălucea în frumuseţe, în timp ce Luna rămânea modestă şi umilă. Într-o zi, Soarele a hotărât să se urce pe cer să-şi arate splendoarea, lăsând-o pe Lună în urmă.
  Dorian îşi ridică o sprânceană...
- Hmmm... Devine interesant...

Ana îi puse degetul pe buze.

- Şşşşş.... Luna a plâns, simţindu-se părăsită şi neînsemnată. Văzând durerea Lunii, Marele Spirit a decis să o mângâie, transformând-o într-o lumină misterioasă şi frumoasă care să strălucească în timpul nopţii. Astfel, Luna a primit şi ea propria strălucire. Şi Ana bătu din palme ca o copiliţă distrată.... Ţi-a plăcut?
- Doamne, cât de dulce poţi să fii! O legendă frumoasă. Oamenii au nevoie de vise... de poveşti cu mesaje înţelepte. Pe pământ, dar şi în cer, totul are valoare... şi o menire aparte. Nimic nu este lipsit de frumuseţe, de calităţi.
  - Aşa şi noi, oamenii, strălucim în felul nostru, îi replică ea. Fiecare dintre noi are o incontestabilă valoare, prin simplu fapt că existăm, că purtăm în noi viaţa... Nu-i aşa?

- Frumoasa mea filosofă! O luă în braţe...

Ana se simţi alintată... un sentiment atât de plăcut şi binefăcător. Luă o păpădie, îi suflă puful în aer şi îşi puse o dorinţă.

- Dorian, hai să ne căutăm un loc care să fie numai al nostru!

- Mă uimeşti... Când? Unde? îi răspunse surprins.

- Am să găsesc...

Între timp, se făcuse seară şi primele stele apăruseră pe cer. Se cuibări lângă el şi fiinţa i se umplu cu noi speranţe. Avea nevoie de acel loc al lor. Numai al lor, departe de tot. Se gândi.

Şi după câteva momente întinse mâna spre cer:

- Dorian, uite, acolo!

- Unde?

- Vezi steaua aceea ce pâlpâie în lumină?

  E aproape de lună.

- Unde? Aaaa... Acolo... Da, o văd!

- Hai să fie locul nostru... unde ne vom întâlni când ne este dor unul de altul, când nu suntem împreună... Să o numim *Iubire*... Ce zici?

- Iubire, ca şi pe tine? Nu se poate!

Ana zâmbi.

- Bine! Aşa să fie, cum vrei tu, iubita mea! Dar de unde ştii că o să fim departe unul de celălalt?

Dar ea nu-i răspunse. Așa simțea ea, că fericirea poate fi trecătoare.

- Dorian, hai, închide ochii și întinde-mi mâna... hai să ne plimbăm pe ea!

- Bine... sunt pregătit.

- O văd! strigă Ana după câteva momente, ținând ochii închiși și topindu-se de bucurie în brațele lui.

- Și eu... șopti Dorian...

Un nou vis îi izbucni din piept și zbură prin aerul întunecat. Cât de mult îi îndrăgea spiritul și imaginația! Cu ea s-ar fi dus oriunde, pe pământ sau în ceruri.

Și au colindat mai departe, în locuri imaginare, menite să devină pentru totdeauna refugiul lor, tărâmul unde se vor întâlni, vor trăi și se vor alinta până la sfârșitul vieții.

Ana tresări... Timpul trecuse prea repede! Îl sărută ușor pe buze... pe obraji.

- Vin cu tine... îi spuse Dorian.

- Nuuu... sunt doar câțiva pași până la stație... Apoi se ridică și alergă să prindă tramvaiul.

- Sunt îndrăgostit de tine! îi strigă Dorian. Și ceva în inima lui parcă începuse să-l doară... Îl durea fiecare moment petrecut fără ea.

- Și eu! îi răspunse Ana din fugă. Și eu sunt îndrăgostită de tine! Și acel mănunchi de trăiri îi luminau calea...

Când ajunse la internat, se trânti pe pat. Era singură în cameră. Colegele ei erau plecate acasă la sfârșit de săptămână. Se uită visătoare pe tavan, apoi luă o foaie de hârtie și începu să scrie...

Printre miliarde de fiori,
am suspinat încet,
iar calea noastră
a devenit o inimă umană,
plină cu flăcări de iubire,
cu un vis inocent,
o cale divină împodobită
de-o artă filigrană.
Din adâncul cerului
chicoteli de îngeri se lăsau
ca fulgii de nea
peste fețele noastre fragede,
căci adâncimea iubirii noastre
ei o știau,
era un ocean fulminant
cu valuri tainice.
Când m-ai sărutat

prin pulberea de vise,
luna se oprise
să ne sfințească c-o privire,
și o nouă stea
în splendoare
se oglindise,
pe care noi am numit-o
în taină, Iubire.
Ai zâmbit atât de dulce
și m-am ridicat ușor,
pe vârful picioarelor,
să-ți mai fur un sărut,
în speranța că sufletul meu fragil,
jinduitor,
îți va fi un elixir
pe drumul nou, necunoscut.

CAPITOLUL 9

VISE

Au pornit înfiorați de vise calde,
pe o cărare presărată cu mii de stele,
un izvor radiant cu lumini de smaralde,
pâlpâind scânteiau ca două candele.

În lunile următoare, soarta i-a binecuvântat cu un anotimp de iubire și armonie. Ea era o pasăre rebelă, iar el era vântul lin care îi risipea neliniștea. Și când ea era ninsoare, el era soarele ce-i topea fulgii și o transforma într-o apă cristalină.

Trăiau în acea curgere naturală a trăirilor, a gândurilor, a manifestărilor. Și zilele lor erau altfel, blânde, pline de viață și profunzime.

Preferau să fie numai ei doi. Să păstreze relația intactă, neatinsă de nimeni. Nici de priviri, nici de cuvinte străine.

Dorian iubea să picteze. Avea un talent înnăscut pentru arta frumosului. Și Ana auzise de la colegii de liceu multe povești despre el. Era admirat și considerat la vârsta lui adolescentină un geniu.

Când erau împreună, el îi povestea în cele mai mici detalii despre ce și-ar fi dorit să picteze... Și ea închidea ochii și vizualiza. Și, în gândurile ei le picta și ea... așa, prin modul ei de a înțelege ceea ce-i spunea. Îi vorbea de sensul formelor, al culorilor, de ceea ce-l inspira, de ceea ce-l mâhnea sau de ceea ce se temea când începea o nouă pictură. Se temea de judecata oamenilor maturi, de ignoranța lor. Și îi mai destăinui că în fiecare pictură și-ar dori să ascundă un mesaj, pe care doar cei cu privirea profundă vor ști să-l deslușească.

Părinții doreau să-l vadă inginer sau arhitect și îi considerau talentul doar un hobby. Dar el muncea zi și noapte, să le demonstreze contrariul... pentru a scoate la lumină spiritul pasiunii ce-i mocnea în interior.

Într-o după amiază, când stăteau lungiți pe covorul de iarbă, Dorian îi vorbi despre o nouă pictură, căreia dorea să-i dea forme și viață.

- O voi numi *Eternitate*, îi spuse cu un surâs ce-i divulga entuziasmul.

- Și cum va arăta? O frântură de univers? O cale galactică? O stea? Un soare? îl întrebă Ana, curioasă.

- Încă nu știu! și își afundă palma

într-un mănunchi de iarbă crudă. Nu știu! repetă aproape șoptit. Un gând i se așternuse pe chip. Apoi privi spre cer. Simt nevoia să creez ceva etern...

- Etern pentru oameni? Sau etern pentru tine?

- Nu știu...

Ana îi puse palma pe inimă.

- Ascultă... și vei simți. Din adâncul inimii izvorăște purul adevăr.

- Chiar ai dreptate, Ana! Ai menționat esențialul. Știi, chiar dacă arta e născută din imaginație, doresc ca în fiecare pictură să pun un strop de adevăr...

- Nu cred că trebuie să-l pui intenționat... Arta se inspiră din realitățile înconjurătoare, din ceea ce ne afectează. Dar uneori le dă o altă formă. Sau dezvoltă ceva existent... și înalță acel ceva spre noi dimensiuni.

- Nu te opri... Hai, spune-mi mai mult... Îmi place să te ascult!

- Dorian, talentul pe care îl ai este un adevăr. Și tot ce pornește din el este real. Ai un pictor care te-a atins emoțional?

- Au fost mai mulți. Am găsit într-o carte imagini cu picturile lui Marc Chagall, un pictor evreu. Îmi place cum a reușit să redea iubirea, în diverse forme ale imaginației.

- Și care dintre picturile lui ți-a plăcut cel mai mult?

- Majoritatea... sunt pline cu viață, parcă rupte din ea...

- Dorian, oare de ce nu-mi arăți niciodată ce pictezi?

- Tu mă ai pe mine... Complet!...Picturile sunt doar un mic fragment din ceea ce sunt eu.

Ana nu a mai insistat. L-a lăsat să decidă el. Era fericită să-i vadă pasiunea. Dar, în același timp, simțea că acea pasiune nu avea limite. Și, deși nu înțelegea de ce, dar acea mică realitate o neliniștea.

Apoi se gândi că instinctul ei poate fi un nou adevăr, care încearcă să o prevină, să-i arate ceva ce ea încă nu putea vedea cu claritatea minții.

În fiecare dimineață, Ana se trezea cu imaginea lui pictată ca o frescă vie pe pereții gândurilor. Iar acel chip îi dăruia căldura speranțelor de bine.

Dorian o aștepta după cursuri sub crengile teiului bătrân din fața liceului. Când îl zărea, alerga spre el într-o nebunatică frenezie. I se arunca în brațe, flămândă de iubirea lui.

Pe stradă, când pășeau unul lângă altul, își ascultau cântecele inimilor, pierduți în lumea lor.

- Să nu mă lași niciodată de mână, da iubi? îi spunea Dorian. Și ea îi promitea strigând fericită...

- Niciodată! cu ochi punctați cu licăre răpite din stele.

Adeseori, le plăceau să meargă în parc, să se așeze pe iarba moale, lângă un tufiș cu trandafiri. Din adâncimile ființei le izvorau neîncetat timide dorințe, scăldate în cei mai adânci fiori.

Nu îndrăzneau să viseze normalități, căci visele lor erau prea mari și prea intense, pentru a exista în efemeritatea zilelor cotidiene.

Cuceriseră cu ele văzduhul, universul...

Pe steaua lor și-au construit o casă... acolo, lângă un pârâu stelar. Călătoreau cu gândurile pe tărâmuri feerice, răpiți de imaginație, într-o poiană plină cu flori, pe o plajă pustie sau în țări necunoscute. Și, viața Anei devenise mai ușoară...sau poate, suferința ei se transformase în pură iubire.

- Dorian, ce crezi despre *inteligență* și *bunătate*?

- O întrebare bună... Hmm... Să știi că nu m-am gândit până acum. Sunt două calități independente, necondiționate una de alta.

- Interesant... murmură Ana.

- Nu întotdeauna, un om inteligent posedă și bunătate. Dacă inteligența ar fi generat și bunătate, viața bilioanelor de oameni suferinzi din lume ar fi fost mai bună. Nu îmi plac generalizările. Desigur, există și mulți oameni inteligenți care posedă bunătate. Cu siguranță, inteligența produce o gândire și un comportament mai etic. Dar acesta nu se poate confunda cu bunătatea. Comportamentul etic este influențat și de dorința de a fi apreciat. Un om de succes știe că numai cu un comportament etic poate câștiga. Este o necesitate și o condiție.

- Dorian, de unde știi atâtea lucruri, fără să ai o experiență de viață?
- Am citit câteva cărți despre acest subiect. Dar ai dreptate... în fine, adevărul e la mijloc. Îl vom culege din viață...
- Îmi place cum gândești... Eu cred că *bunătatea* este un dar divin, un har, o stare naturală, o calitate spirituală, înălțătoare și prețioasă. Cred că succesul aduce satisfacții temporare, însă bunătatea asigură o armonie permanentă. Căci prin ea iubim mai mult... și vom fi iubiți. Iertăm mai mult și avem mai multă liniște. Și totuși... avem nevoi de inteligență sau de înțelepciune, pentru a ne asigura un trai decent. Deci, amândouă sunt indispensabile.

- Da, așa este draga mea Ana. În educația noastră prea puțin suntem învățați să fim buni. Poate doar de biserică. Accentul e pus întotdeauna pe inteligență... Eu cred că ești o ființă plină cu bunătate, iubita mea...
- Sper... sper să fac multe fapte bune în viață. Îmi doresc...

Ana ar fi putut să filosofeze cu el zile în șir. Și niciodată nu s-ar putea sătura să-i asculte reflecțiile, să absoarbă din cunoștințele lui, premature, profunde. Și orele, zilele și lunile petrecute împreună deveniseră nesfârșite... căci așa au rămas, gravate pe inimile lor pentru totdeauna, neșterse de vreme sau de alte amintiri.

Au mai trecut câteva luni... Primăvara se lăsase ca o binefacere peste împrejurimi. Și totul părea să reînvie într-un nou început. Natura, oamenii, gândurile și aspirațiile lor. Bega oglindea în apa ei tulburie culori de cer. Ana își continuă plimbarea pe strada însorită, adorând tandrețea vântului care o regenera.

O nouă adiere de vânt se strecură printre tufișurile de liliac și ridică în aer un strat subțire de praf.

Se opri în parcul înmiresmat cu trandafiri proaspăt născuți. Dorian o aștepta pe o bancă. Pe chip i se oprise o umbră de tristețe...

Ana îl sărută cu ochi galeși...

- S-a întâmplat ceva? Pot să te ajut?
- Da... Doar cu iubire și răbdare... Doar așa poți să mă ajuți.
- Desigur! ...Totuși, ce s-a întâmplat?
  De ce ești așa de trist?
- Iubi, nu e nimic. Voi fi plecat la un concurs...
- Și când te întorci?
- În curând... îi răspunse cu o voce sumbră.

Își trecu degetele prin păr, în timp ce privirea îi rătăcea, căutând ceva ce nu putea găsi... cuvinte care să o aline.

Ana tăcu. Uneori savura tăcerea. Dar în acele momente îi cădea greu. Se simțea neliniștită. Și nu înțelegea de ce. Acele instincte... Off! O enervau... căci îi spuneau ceva pe limba lor. Nu puteau să fie și ele mai clare? Dar ce putea să facă? Nimic, decât să aștepte și să aibă încredere.

- Te înțeleg... îi răspunse aproape surâzând.

Moleșită, se așeză pe o bancă. Știa că odată va pleca. Dar așa de repede... Și parcă, din privirea și vocea lui simțea că nici el nu era sigur când se va întoarce înapoi... I-a spus tot adevărul? Sau încerca să o protejeze de o altă realitate?

Pictura era o parte vie din viața lui. O pasiune care răsărise înaintea ei. Și Ana era conștientă de acest lucru. Era adânc înrădăcinată în el, în talentul lui, în toate aspirațiile lui.

Dacă ceva o putea umbri acolo, în inima lui, era doar pictura. Cea mai mare rivală pe care o avea. Se gândi la acele instincte care o avertizaseră cu mult timp înainte. De prima dată când îi văzuse fascinația pe chip și îi simțise pasiunea zvâcnind în vene.

Pictura nu era numai pasiune. Era un viitor, o carieră. Și îi dădea satisfacția de a concura cu ceilalți și de a ieși învingător. Iar ea nu-i putea oferi nimic din acele măreții. Îi putea oferi doar iubirea ei, pură și inocentă.

Însă, ce poate să facă un tânăr talentat și plin de aspirații cu o asemenea iubire? Înainte de toate, trebuie să-și descopere puterea... să-și realizeze visele. Iar ea, din păcate, nu a fost primul lui vis.

- Ai să mă aștepți, da?

Dorian se uită adânc în ochii ei. Încercă să o încurajeze... Nu putea să o vadă tristă. Dar în acele momente avea și el nevoie de o încurajare.

- Da, am să te aștept... până la sfârșitul vieții.

Și Ana îi zâmbi cald și dulce, pentru a-l face fericit.

- Știi că noi, oamenii, suntem foarte puternici! Trecem prin orice. Mâna lui fină îi mângâie încă o dată părul.

- Ești atât de frumoasă... și ești a mea. Sunt tare norocos!

Ana întoarse capul, pentru a-și ascunde o lacrimă.

- Da... putem mult mai mult decât ne imaginăm... îi răspunse slab. Căile vieții sunt uneori întortocheate și de neînțeles. Rămâne să învățăm din propriile fapte ce este iubirea, cum să-i înțelegem legile, cum să-i suportăm încercările și cum să ne vindecăm suferințele.

Prin el își dădu seama cât de profund putea să iubească. Și pentru acest fapt îi era recunoscătoare.

Venise clipa despărțirii... Și inimile lor tăceau înmărmurite... Și gândurile păreau pierdute într-o altă lume. Parcă doreau să se lupte cu realitatea, să o respingă. Dar nu se putea. El o iubea așa cum știa un adolescent de optsprezece ani să iubească, cu patimă, natural, instinctiv. Pe moment și fără să se gândească prea mult la viitor.

Soarele se împinse adânc în inima pământului. Dorian o luă în brațe și o sărută lung și profund.

- Nu te necăji. Ne vedem când mă întorc. Te iubesc! Să nu uiți! Niciodată!

Şi dintr-o dată îl copleşi o durere. Nu înţelegea nici el de ce...

- Bine... murmură Ana. Te voi aştepta ...

Şi cerul începu să lăcrimeze cu stropi reci de ploaie.

CAPITOLUL 10

ZARURILE SORȚII

Curtea liceului era goală. Doar portarul era acolo, ascuns în căsuța lui de la intrare. Asculta cu urechile ciulite meciul de fotbal. La sfârșit de săptămână, fără elevi și profesori, serviciul i se părea plictisitor. Poarta era închisă.

Ana stătea cu coatele rezemate de pervazul ferestrei și privea din camera internatului norii leneși... Pluteau tăcuți pe cupola vastă a cerului.

Pe gardul îmbrăcat în var și ciment se lăsaseră câțiva porumbei. Gângureau ceva în limba lor, uitându-se curioși într-o parte și în alta.

Ana oftă. O boare de singurătate îi flutura deasupra frunții. I se lăsă pe piept.

Luă un stilou, apoi deschise încet un caiet de noptieră.

Își roti privirile prin cameră.

Paturile erau perfect aranjate, acoperite cu pături aspre, vișinii. Tabloul cu flori de maci atârna singuratic pe pereții albi, proaspăt vopsiți. Podeaua maronie, uzată de vreme, nu mai scârțâia. Tăcea și ea lângă mohorâtele noptiere. Simți o boare de durere...

În jurul ei apăru un stol de gânduri. Câteva dintre ele erau încețoșate. Altele, au devenit din ce în ce mai clare.

Desena cu penița stiloului pe foaia de hârtie... cercuri, inimioare, săgeți, stele... Aștepta... Într-un târziu, gândurile și trăirile au prins contur. Au devenit litere. Și apoi cuvinte. Curgeau agale... Și Ana începu să scrie.

Când azurul cerului li se scurgea în inimi,
domolindu-le grațios răscoala pasiunii,
le încolțeau emoțiile printre dorințe ascunse
în sărutul tremurând sub lumina lunii.

Ar fi rămas la nesfârșit împletiți în emoții,
era o iubire pierdută în dorințe răpitoare,
într-un vis himeric cuprins de ghearele sorții,
el era ca un soare cu priviri strălucitoare.

Se opri să citească. Și îi plăcu. Apoi continuă...

Dar într-o zi lumina a dispărut ca un mister,
și-un fluture s-a stins într-un amurg de seară
și parcă și natura tremura și totul devenise ger

când a plecat, inima-i firavă a început să doară.

Printre lăcaşuri reci, fără iubire, într-un pustiu, printre
manifestări haine şi nejustificate,
 inima urla speriată: „Nu, nu e târziu!",
 dar soarta zâmbea, zarurile erau deja aruncate...

Oftă. Se scutură. Şi dorul i se risipi. Dar au
rămas acele instincte ce îi vorbeau în limba lor,
înţeleaptă, dar greu de înţeles. Încă nu înţelegea de ce
se temea de plecarea lui, de parcă ar fi fost o pierdere.
Primele zile i s-au perindat prin faţa ochilor, goale şi
fără noimă. Şi parcă ea rămase acolo, în mijlocul lor,
împietrită, fără să ia parte la ce se întâmpla în jurul ei.
Simţea doar acea despărţire, din ce în ce mai reală şi
mai intensă.

Pe drumul iubirii se aşternuse acel necunoscut...
şi un noian de presimţiri. Neîncrederea începuse să-i
dea târcoale. Se întreba cum poate el să o iubească pe
ea... când erau atâtea fete frumoase şi din familii bune.
Apoi îşi aduse aminte de ziua când el o învăţase să
privească în interior. Închise ochii şi îşi reîntâlni inima.
Şi ea îi şopti cuvinte încurajatoare.

„Nu, nu eşti singură! Sunt cu tine!" Şi Ana se
bucură. Apoi se linişti.

În acele timpuri, nu avea nicio idee cine era, ce calități avea... Nu știa cât de bună era în lupta cu problemele vieții. Dar în ciuda tuturor vitregiilor reușea întotdeauna să zâmbească.

Într-o noapte, se pierdu în întunecimea unui vis. Alerga într-o pădure, încercând să găsească ieșirea. Se împiedica de crengile uscate de pe pământul năclăit. Căzu în genunchi, copleșită de spaimă. Se ridică din nou și își privi picioarele goale și însângerate.

Îl strigă pe Dorian. Îl strigă din răsputeri.

La un moment dat a ajuns într-o poiană. Și acolo și-a zărit iubitul. Îl strigă din nou, dar el tăcea. Se apropie de el. Dar cu cât înaintă, își dădu seama că era doar o energie alburie. Încercă să-l atingă. În acea clipă el se dizolvă, se stinse în întuneric.

- Nu ți-e cel destinat! Nu ți-e cel destinat! rezonă o voce puternică din inima pădurii.

Se înfioră.

- Cine ești? strigă înspăimântată.

- Sunt Destinul tău!

Ana tăcu înmărmurită.

- Nu ți-e cel destinat!

Vocea râdea cu ironie.

- Nu te cred! Minți! Pleacă de lângă mine!

- Nu pot să plec. Sunt umbra vieții tale. Te voi însoți mereu!

Se simți prinsă de un vârtej năprasnic. Copacii păreau să fie și ei atrași și înfulecați de acea vâltoare. Își pierdu controlul. I se păru că va dispărea, ca într-o gaură neagră din cosmos, atrasă de acea energie necunoscută și înspăimântătoare.

Se trezi țipând. Picături de transpirație i se prelingeau pe gât, pe coloana vertebrală. Căzu din nou ostenită în pat.

Zilele s-au scurs mai departe, una după alta. Și parcă fiecare zi fără el avea greutatea unei vieți întregi. Și în acea tăcere, înțelese cât de mult însemna el pentru ea. Iubirea lui era pansamentul rănilor ce-i mocneau în interior. Iar absența lui i le-a redeschis.

Se întreba dacă există un destin. Și ce rol joacă în viața unui om. Și nu înceta să caute răspunsuri care să o aline, care să-i aducă liniște și claritate.

Au trecut trei săptămâni. Apoi a mai trecut încă una. Și încă una. Dar el nu dăduse nici un semn de viață. Apoi a început să-i fie frică de neantul acela care căzuse între ei și care o împingea din ce în ce mai mult în confuzie.

Nu știa unde să-l caute. Căci nu fusese niciodată la el acasă. Și în acele momente îi părea straniu că nu-i cunoştea părinţii şi nici nu-i dăduse un număr de telefon.

În zilele următoare, paşii au îndreptat-o spre locurile unde mergeau împreună, în parcul în care obişnuiau să-şi petreacă timpul.

Cât de goale i se păreau acum acele locuri! Se aşeză pe iarbă. Lacrimile îi curgeau apăsat. Trăiri noi şi vechi i se zbăteau în piept. O zgâlţâiau, parcă încercând să o trezească la realitate. Fusese lăsată din nou în mâinile sorţii, cu o inimă plină cu iubire. *„Doamne ajută-mă!"* Tăcea şi plângea.

Căuta linişte, ajutor, vindecare. Dar o negură deasă i se strecurase printre gânduri.

Luă tramvaiul şi se decise să coboare la ultima staţie, lângă pădure. Intră pe o cărare bătătorită de paşii celor dinaintea ei.

Inima pădurii bătea lin, atemporal. Şi ea îi simţi ecoul pe piele... în trupul ei efemer. O regenera. Îi percepea natura divină. Pământul umed mocnea cu viaţă. Era acoperit cu o pătură foşnitoare de frunze şi iarbă. Păşea încet. Frunzele verzi din pomii mai scunzi îi atingeau părul. Le simţea prospeţimea. Pe jos erau împrăştiate frunze în culori roşii, portocalii, aurii, maronii. Fiecare culoare le arăta stadiul de viaţă... până când ele se vor uni din nou cu pământul.

Un gând i se lăsă pe frunte.

„Ştiu că ne vom reuni şi noi, odată! Dar nu ştiu când şi unde... Pe pământ sau în cer..."

Privea arţarii cu scoarţă maronie. Câteva raze de soare se lăsaseră printre coroane intensificându-le portocaliul. Şi parcă frunzele îi şopteau...

„Totul va fi bine"...

În mijlocul pădurii zări un şir lung de trepte din piatră cenuşie. Era roase de vânt şi vreme, pătate cu smocuri de muşchi de pădure, moale, verde-negricios. Din respiraţia lentă a copacilor din jur se lăsase un strat de umezeală pe ele.

Ana păşi uşor pe fiecare treaptă. Păreau să se întindă undeva în sus, spre lumină. Le simţea răceala... îi intra încet prin tălpi şi i se răsfira în trup. Parcă o regenera cu o energie mistică şi atemporală.

În urma paşilor ei lăsă lacrimi amare... şi fâşii de doruri rupte din inimă. Le lăsă acolo, să se împrăştie pe pietre, să intre în pământ.

Apoi a ajuns lângă un pâlc de raze de soare, pure, intense, binefăcătoare. Rămase pentru un timp să le savureze. Îşi afundă picioarele în muşchiul moale, răcoros. Şi după o vreme, se simţi mai bine. Nu se mai simţea singură. Avea pădurile şi cerul şi pământul... şi inima ei. Le mulţumi pentru alinare.

Când a ajuns la internatul liceului s-a ascuns sub pătura aspră şi căzu într-un somn adânc. Doi îngeri călători i s-au așezat la căpătâiul patului și au început să-i cânte o melodie suavă.

CAPITOLUL 11

TĂCERE...

„Nu plânge pentru că s-a terminat, zâmbeşte pentru că s-a întâmplat." - Dr. Seuss

Au mai trecut câteva luni, lungi şi apăsătoare, de incertitudine, de teamă şi confuzie. Doar o trăire devenea din ce în ce mai clară: aceea că Dorian nu mai era lângă ea.

Ştia că era ambiţios. Dar nu se gândise până în acea clipă că poate el va trebui să decidă între ea şi pictură. Nu era furioasă. Nici supărată pe el. Era doar rănită. Adânc rănită...

În momentele de reflecţie, şi-a adus aminte de legenda meşterului Manole care şi-a sacrificat soţia, pe Ana, pentru a zidi o mănăstire de o frumuseţe rară. O ofrandă adusă artei. O crudă tragedie. Să fi jertfit şi Dorian iubirea lor pentru ceva măreţ care îi apăruse în cale? Adevărul îl putea afla doar de la el. Dar şi faptele vorbesc. Și tăcerea. Și zilele care vor urma. Va veni odată ziua când va înțelege...

Liceul se sfârșise. Era ultima ei zi la internat. Toți plecau acasă, bucuroși că au trecut cu bine examenele. Erau tineri și fremătau în idealuri. Dar nimeni nu știa ce va aduce cu adevărat viața. Ce bucurii, ce realizări, ce încercări.

Cumva, îi părea rău să se despartă de colegii ei. Au fost și câteva fete cu care s-a înțeles bine. Și câțiva băieți de treabă. Dar restul, erau prea preocupați cu lumea lor.

Ana se gândea la bunicii ei din Valea Sânzâienelor. Abia își duceau și ei traiul. Îmbătrâniseră timpuriu de la munca grea de pe câmp. Dacă s-ar fi dus la ei, ce ar fi putut sărmanii să facă pentru ea? Aproape nimic. Iar bunica ar fi urmărit-o la fiecare pas, de teamă să nu i se întâmple ce i se întâmplase Măriucăi... să plătească un preț dureros pentru onoarea pierdută.

Mama ei, Măriuca, se mutase într-un oraș în apropiere de Valea Sânzâienelor. Se gândea la legătura lor atât de firavă. Își cunoștea atât de puțin mama, așa cum ea își cunoștea atât de puțin fiica. Dacă ar fi fost mai aproape, dacă și-ar fi cunoscut durerile, suferința, poate totul ar fi fost altfel. Ar fi luptat mai mult una pentru cealaltă. Dar destinul a vrut să le țină la depărtare și tot el a hotărât ca Ana să nu cunoască iubirea de mamă, iar Măriuca să nu aibă parte de copilul ei.

În Orașul de pe Bega Ana avea propria familie. Ea însăși. Ființa ei și tot ce avea în interior... inima, plămânii, ochii, picioarele, mâinile și tot ce se lupta zi și noapte ca ea să existe. Familia îi era și acea voce interioară, care o bâzâia, ca un roi de albine și o prevenea să nu intre în primejdie. Și tot familie îi era și acel dram de rațiune, de judecată, care o povățuia să distingă între bine și rău. Le-a rămas întotdeauna recunoscătoare, căci ele au fost cele care au avut grijă de ea și au ajutat-o să-și zămislească o viață mai bună.

Colegele plecaseră și Ana a rămas singură în camera de la internat. Deși nu a avut nicio legătură strânsă cu ele, îi părea rău că nu le va mai revedea. Camera era goală. Și se simțea din nou singură. Dar știa ca așa va fi de acum încolo. Își împachetase în geanta de sport puținele lucruri pe care le poseda. Nu prea știa în ce direcție să se îndrepte. Dorea să facă o facultate. Dar în acele timpuri și în acea situație îi era aproape imposibil.

O întâlnise pe mama Ani cu câteva zile înainte, măicuța care-i fusese dădacă în primii ani de viață. Soțul ei murise și îi oferise să stea la ea până când își va găsi rostul. Și Ana se bucură. Acolo se va liniști.

Şi va trece de acea răscruce de drumuri. Şi va găsi drumul bun... Aşa spera.

- Ana, Ana!!! Te cheamă portarul! strigă doamna pedagogă din faţa uşii.

Îşi puse un pulover pe spate şi a coborât scările. Începuse să tremure.

„Oare era el? Oare a venit iubitul meu?" îi strigă un gând plin de speranţe.

Portarul o întâmpină cu un zâmbet cald. Îi era dragă Ana. Şi îi părea rău de situaţia ei, căci o văzuse cam tot timpul singură. În cei doi ani, nimeni nu venise să o caute la internat. Văzuse doar acel tânăr frumos, care venise pentru o scurtă perioadă să o ia la plimbări în zilele însorite.

- Copilă, uite aici un pachet pentru tine.
- Pentru mine? Cine să-mi trimită un pachet?

Nu primise niciodată vreun pachet sau vreo scrisoare.

- Domnul Vasile, sunteţi sigur că e pentru mine?
- Da! Sigur. Nu mai e altă fată cu numele de Ana aici. Nu?

Încă şovăind luă pachetul în braţe. Era mare, dar foarte uşor. L-a întors pe toate părţile dar nu a găsit nici un nume care să indice de unde venea. Fâstâcită, i-a mulţumit portarului şi s-a întors din nou în cameră. Inima îi bătea cu putere. Nu ştia la ce să se aştepte.

A rupt hârtia și l-a desfăcut încet... Apoi, privirea i-a împietrit. Și inima a început să-i bată cu pumnii pe pereții pieptului. Era un tablou.

Căzu pe podea și izbucni în plâns. Și a rămas acolo, pierdută în gânduri și lacrimi. Din când în când, își ridica din nou capul, se uita prin negura lacrimilor spre imaginea din fața ei. Apoi se lăsa din nou zdrobită de dor pe podea.

Dorian îi pictase chipul.

Părea o scenă trăită, ce fusese răpită și pusă într-un vacuum de timp fără limită. Chipul ei, aproape viu, cu privirea intensă și plină de iubire pentru el, buclele părului așezate de el după ureche, buzele roșii, parcă încă purtând săruturile lor. Culorile armonioase reflectau serenitate. Un contrast izbitor cu starea în care se afla în acel moment. Într-un colț al tabloului era scris ... *Eternitate*.

Nu știa ce să înțeleagă.

Cum putea să o iubească și în același timp să o lase în acea înfiorătoare necunoaștere, tăcere, absență, singurătate?

O dâră de speranță îi lumină fața.

„*Poate, va veni în curând*"...

Închise ochii. Adormi, îmbrățișâdu-și speranța. Și visele i-au fost mai dulci. Și durerea i se topi în clipe trecute, devenite cenușă.

A doua zi, se uită încă o dată cu melancolie la camera de la internat, la curtea liceului, la clădirea în care își petrecuse câțiva ani din adolescență. Un capitol din viața ei se închise, luând cu el acei ani neprihăniți. Un nou drum, necunoscut, se deschidea în fața ei. Nu îi era teamă. Ce putea să fie mai rău decât prin ce trecuse?

Dar părăsind liceul, însemna și că Dorian îi va pierde urmele. Căci Ana nu-i pomenise niciodată de mama Ani. Și numai printr-o minune, dacă s-ar fi întâlnit întâmplător undeva, ar fi avut șansa de a se regăsi. Dar Orașul de pe Bega era mare. Prea mare.

Își luă geanta și plecă la mama Ani. Bătrânica o aștepta nerăbdătoare. Era slăbită, dar ochii îi străluceau de bucurie. Din chipul ei se zăreau anii, nu prea ușori. Avea părul argintiu prins în coc și ținuta îi era mai puțin dreaptă. Devenise firavă.

S-au așezat pe canapeaua verde și roasă de vreme. În cameră era ceva magic... Bunătatea femeii. Dar pe Ana o fascinau și cărțile, înghesuite în rafturi, pe masa rotundă de lemn, pe noptieră... erau peste tot. Se pare că mama Ani își alina și ea singurătatea cu elixirul cărților.

O lampă veche scăpăra o lumină gălbuie... se întindea pe pereți, pe mobilă... și pe chipul bătrânei Lumina se infiltrase în tablourile cu scene pitorești de la țară. Le dădea o notă aparte. O casă lângă pădure, țăranii muncind pe câmp, vacile la păscut, o fată îmbrăcată în costum național, totul părea viu sub reflecția luminilor din încăpere. Ana se uită la o fotografie înrămată unde era ea cu mama Ani. Pe masa din fața lor era un tort de ciocolată cu trei lumânări.

- Încă mai ții fotografia?
- Doamne, cum să nu?! Amintirile mele dragi... Uite cum semănai aici cu Shirley Temple! În ziua aceea ai mâncat cu atâta poftă din tortul de ciocolată, că mi-era teamă să nu-ți fie rău. Mai ții minte, tatăl tău ți-a cumpărat o vioară.

Ana se uită la ea ca ochi mari. Întotdeauna i-au plăcut torturile de ciocolată. Și-a amintit și de vioară. Nu a mai pus mâna pe ea din ziua în care tatăl ei plecase în neființă. O lăsase acolo, în camera ei, cu celelalte lucruri de care nu mai avea nevoie.

- De ce m-a luat tata de lângă tine?

Bătrânica își apleacă privirea.

- M-am îmbolnăvit și aveam pierderi de memorie. Am învățat să trăiesc cu ele. Dar îmi era frică să nu fac ceva greșit care să te afecteze.

Ana o mângâie pe obraji.

- Poate acum pot să te ajut eu cu ceva.
- Slavă Domnului, am destul ajutor. Tu să fii sănătoasă și să te văd așezată.

Au stat împreună la povești până târziu, la lumina unei lumânări. Seara se întrerupea de obicei curentul.

Ana i-a povestit despre Dorian, iar mama Ani ascultă tăcută și gânditoare, lăcrimând din când în când.

- Doamne, cât ai mai suferit, copilă dragă! Dar să știi că acele greutăți te-au făcut puternică, chiar dacă nu îți dai seama... Ai învățat să te protejezi, să ai grijă de tine, să-ți tămăduiești singură rănile. Ai învățat să te ridici atunci când ești lovită de soartă. Așa vei face și acum... Acest tânăr de care vorbești se pare că a fost nevoit să plece de lângă tine.
- Dar nu înțeleg... De ce a plecat? Doar mă iubea atât de mult!...
- Uneori, în viață ni se întâmplă lucruri pe care nu le putem înțelege. Poate doar mai târziu vom afla adevărul. Sau poate nu-l aflăm niciodată. Poate tânărul de care-mi spui e constrâns să facă un sacrificiu. Sacrificiile fac parte din viață. Și tu ai să fii nevoită să faci sacrificii. Multe.
- Totuși, mi-e greu să înțeleg... să accept.
- Știi, copilă dragă, noi suntem puternici, dar nu știm. Suntem plini de bunătate, dar nu știm. Suntem inundați cu tot felul de informații și

întâmplări ce ne distrag atenția. Și parcă ele se așează ca un val de ceață pe ochi. Înțelegem prea puțin despre propria noastră ființă. Această lipsă de conștientizare lasă o impresie greșită despre cine suntem cu adevărat. Ah, draga mea, vei învăța... Vei afla cât de puternică ești! Mai încolo...

- Pare profund ceea ce-mi spui... Oare o ființă simte frica pentru că nu-și cunoaște puterile și calitățile?

- Dragă Ana, oamenii talentați sunt adeseori timizi. Iar oamenii mai puțin talentați sunt curajoși, doar pentru că și-au creat ei singuri o imagine despre ei și și-au impus să creadă în ea.

- Dar eu cum să-mi aflu calitățile și dacă sunt puternică sau nu?

- Din încercările vieții... Prin modul cum le întâmpini, cum treci peste ele. Așa vei afla cine ești...

Bătrânica se uită lung și atent la tabloul pictat de Dorian.

- Acest tânăr te va iubi o viață întreagă. Să știi! Mă rog la Dumnezeu să vă întâlniți. Căci dacă nu vă regăsiți acum, amândoi veți regreta mai târziu.

- Nu cred că Dorian m-a părăsit. Cred că s-a îndepărtat doar pentru o perioadă de timp...
- Destinul va rândui totul... copilă dragă.
- Mama Ani, crezi în destin? Oare nu suntem noi, cei care ne creăm viața?
- Doar într-o măsură, draga mea... Dar sunt anumite întâmplări pe care nu le putem influența. Uite, de exemplu boala mea... Dacă nu ar fi apărut, aș fi putut să te cresc lângă mine sau cel puțin să te ajut mai mult. Și ai fi suferit mai puțin, atunci când tatăl tău a plecat. Vezi... și el s-a dus într-o altă lume, chiar atunci când tu aveai nevoie cel mai mult de el... Oare nu e mâna destinului? Am fi putut schimba ceva?
- Mama Ani, cum putem să scăpăm de durere?
- Durerea nu se poate diminua fără a accepta realitatea. De obicei, majoritatea suferințelor, frustrărilor și fricilor pornesc de la goliciunea din interior. Lipsa de iubire, de apreciere, de înțelegere, de încredere în sine. Atunci când aceste compartimente vor fi umplute, apare o nouă putere. Ai să te minunezi, de câte ori acea durere se va transforma într-o nouă putere.

Ana o luă în brațe și o strânse cu căldură. Apoi puse capul în poalele ei. Și bătrânica îi mângâie părul...

- Ce păr frumos și bogat ai, copilă dragă!... De la mama ta... Îmi amintesc când te-a adus la mine... Avea nouăsprezece ani. O frumusețe de fată era și ea... ca și tine.

Bătrânica o privi cu duioșie. Dar Ana era deja departe, cufundată într-un somn adânc. Afară, cerul era înstelat cu vise...

*****

Timpul trecuse fără să primească vreo veste de la Dorian. Peste inima Anei se lăsase deznădejde și tăcere. Nu știa unde era, nu știa ce făcea.

Adeseori, se ducea în jurul orei trei la locul lor, în parc, unde le rămăseseră amintirile. Spera că într-o zi va reveni și el acolo. Se lăsa pe iarba încă verde, cu ochii pierduți printre copaci. Dar se făcuse răcoare. Frunzele copacilor se despicau la cea mai ușoară adiere de vânt și cădeau vlăguite pe pământ. Unele îi cădeau pe față, pe trup. Parcă în semn de alinare. Plângeau și ele cu ea.

Vântul îi părea brăzdat de tăcere și de cuvinte tăioase, țâșnite din necunoaștere. Când își pierdea speranțele, se refugia cu gândurile pe planeta lor, pe care o numiseră atunci, în prima seară, *Iubire*. Acolo își închipuia că el era lângă ea. Și că acolo vor trăi întotdeauna împreună.

Când auzea foșnet de pași, inima i se zbătea în fiori. Dar îi era teamă să se uite, să nu izbucnească în plâns. De bucurie sau de tristețe.

De aceea nu întorcea capul. Aștepta. Căci știa că dacă ar fi el, va veni și o va cuprinde cu brațele în cea mai fermecătoare îmbrățișare. Închidea ochii și aștepta... Dar acea îmbrățișare nu a venit. Și inima continuă să se zbată în dor și durere. Ca să se liniștească începu să aștearnă câteva versuri pe o hârtie.

Oftă... Împachetă hârtia într-un plic, cu adresa de la mama Ani și a ascuns-o în scorbura copacului care păzea tainicul loc.

„Să ai grijă de plic... Și, dacă într-o zi iubitul meu va veni, să faci tot posibilul să-l vadă. Bine?"

Crengile copacului bătrân tremurau. Parcă de tristețe sau în semn de aprobare. Ana îi îmbrățișă trunchiul larg și bătrân.

„Și, să-i spui că îl voi iubi toată viața"...
Se îndepărtă cu o mică strălucire în suflet... cu o mică speranță.

A mai trecut un timp. Ana o ajuta pe mama Ani cu tot ce avea nevoie în casă, spăla și făcea curățenie. Iar bătrânica a învățat-o să facă de mâncare. Cu toate că trăiau modest, au fost câteva luni pline cu armonie sufletească... Căci bunătatea umană luminează și înfrumusețează și cel mai sărac interior.

Venise iarna. Dar Ana nu a uitat nimic. Nu a uitat nici privirea lui Dorian, nici odorul lui, nici zâmbetul lui, nici vocea lui caldă și blajină. Nu a putut să uite. Căci momentele petrecute cu el au fost prea intense... Prea încărcate cu trăiri care nu se pot uita.

Poate că dacă ar fi fost maturi, ar fi fost mai conștienți de ceea ce pierd. Ar fi înțeles mai mult valoarea iubirii pe care o purtau în inimă. Sau poate că există un destin care decide uneori în locul nostru. Și, oricât de puternică ar fi o legătură umană, atunci când zarurile destinului sunt aruncate, nu există nicio șansă de a-l învinge.

Adeseori, durerea este doar strigătul ființei, o chemare spre propria iubire, spre propria putere. Este o binecuvântare, căci ne aduce mai aproape de esența noastră.

Așa a fost Ana, menită de soartă să aibă o iubire mare, o iubire secretă... Acea patimă de la care pornește toată vina, toată căutarea... Acea iubire care pare infinită și care rămâne în umbră pe drumul vieții. Acea iubire care influențează toate căutările, așteptările, visele, regretele.

Acea iubire pierdută pe care nimeni și nimic în lume nu o poate înlocui.

CAPITOLUL 12

LUPTE ȘI DESTINE SCHIMBATE

O iarnă grea se lăsase peste orașul de pe Bega. Natura fusese distrusă de frigul aprig care aproape că încremenise viața. Crengile copacilor erau crăpate, altele rupte, căzute pe pământul negru și umed. În acea iarnă și oamenii se comportau altfel. Erau agitați, nemulțumiți. Și gândurile lor se reflectau ca o oglindă pe bolta cerească.

Săptămâni în șir cerul fusese acoperit cu nori uriași, negricioși. Păreau să fie în doliu pentru întâmplările ce vor urma.

Deși își pierduse aproape toate speranțele, Ana continua să meargă des în locul care încă mai regăsea clipele ei fericite. Trecuse jumătate de an din ziua când s-au pierdut. Dar nu se putea opri să-l aștepte... acolo. Se gândea că era singura șansă de a se regăsi.

Acel loc devenise un sanctuar de liniște, de reculegere. I se părea că stejarul îi devenise un prieten de suflet. Fusese martorul iubirii lor. Încă îi păstra în scorbură scrisoarea pentru Dorian. Ceea ce nu era un semn bun... însemna că nu fusese descoperită de cel care ar fi fost menit să o citească. Dar Ana nu se lăsa bătută.

Între timp, o puse într-o folie de plastic, să o protejeze de umezeală.

Când îi povestea bătrânului stejar despre temerile ei, el parcă îi simțea trăirile.

Măreția lui emana putere.

Și Ana își dorea să fie puternică, precum el. Să stea dreaptă și neclintită în fața greutăților. Rămânea pe bancă, lângă el, până când simțea că frigul o doboară. Când începea să tremure, își freca mâinile, le încălzea cu aburul respirației și se plimba pe cărările din parc. Locul acela îi dădea o energie aparte. Începuse să contempleze viața... și drumul necunoscut care se așternuse în fața ei.

Într-o zi orașul de pe Bega a fost zguduit de revolte. Era o după-amiază înnegurată de decembrie. Pe străzi domnea o forfotă stranie. Inima orașului capturat de peste treizeci de ani de un regim comunist era tulburată cu presimțiri necunoscute.

Falnicele clădiri din centrul orașului își întindeau privirea înspre chipul universului, rece, acoperit cu nori. Clădirile erau umbrite de cenușiul ce picura din cer și se lăsa peste fațadele lor. Unele clădiri aveau forme caracteristice culturii române, altele fuseseră făurite de străini. Cele mai dominante memorii culturale au rămas de la otomani și de la austro-ungari. Opera și grandioasa Catedrală păreau ca doi uriași, meniți să păzească străbunele locuri.

În acea după-amiază, Ana observă cum șiroaie de oameni se îndreptau tăcuți pe străzile înguste spre centrul orașului. Curioasă, se amestecă și ea printre ei. Dar era neliniștită. Simțea că se întâmplă ceva neobișnuit.

După un scurt timp a ajuns în centru.

Mulțimea creștea și devenea din ce în ce mai agitată.

Dintr-o dată, atmosfera se schimbă. Și Ana simți că parcă din acea mulțime, din care băteau noiane de inimi, se ridica un freamăt, o agitație, un avânt.

Își aminti de poveștile tatălui ei, de speranțele oamenilor la unui trai mai bun, de dorința lor de a trăi liberi, de a rupe lanțurile granițelor care îi țineau în prizonierat.

Se strecură prin mulțime și se adânci în zbucium și tensiune. Deodată un tânăr strigă cu putere: „Liiiiibeeeertaaaate!

„Liiiiibeeeerteeeate! Liiiiiibeeeeertaaaate!"

Alte voci i s-au alăturat, devenind din ce în ce mai clare, mai puternice. Se scandau cuvinte născute din gânduri demult visate.

Un grup de oameni ridicaseră o placardă pe care era scris: *„Noi suntem poporul!"*

Vocile au cucerit văzduhul, emanând o energie izbucnită dintr-un spirit comun, trezit.

Ana înaintă cu greu prin masa densă... printre copii, adolescenți, oameni mai tineri și cei mai învârstă. Glasul ei se alătură corului de glasuri ce se zbăteau sub norii de bumbac.

Câțiva copii alergau pe scările gălbui de la Catedrală.

Ana și-a șters câteva picături de transpirație ce i se rostogoleau pe fața îmbujorată. Era rece, dar pe față îi curgeau picături de emoții, de teamă. Însă, era străbătută și de o necunoscută speranță. O speranță de bine.

Stoluri de porumbei se roteau agitați deasupra mulțimii. De la balconul Operei, un grup de persoane au început să animeze atmosfera cu strigăte de liberate, de frăție, de unitate. Cuvintele țâșneau din difuzor, se împrăștiau în aer. Se transformau în scântei... se aprindeau în sufletele oamenilor.

Tensiunea devenise din ce în ce mai înflăcărată, înăbușitoare.

Din mulțime scăpărau priviri încurajatoare spre cei din jur, spre cer. Dureri și dorințe se înălțau din piepturile celor din mulțime și parcă umpleau golul dintre ei. Îi uneau.

Așa se gândi din nou la tatăl ei, care pierise fără a vedea lumina libertății. Dacă ar fi fost în viață, cu siguranță ar fi venit și el în mulțime și ar fi încercat să lupte împreună cu ei pentru un trai mai bun.

Strigătul unui bărbat săgetă aerul.

„Atenție! Ne-au înconjurat! Atenție!!! Ne-au înconjurat!"

O voce de femeie țipă îngrozită de la un colț de stradă: *„Ne areeeesteaaaază!!!!!"*

Speriați, câțiva s-au retras, căutând protecție în poalele clădirilor. Dar majoritatea au rămas pe loc și au continuat să scandeze... *„Libertate! Libertate! Libertate!"*

Ana a rămas cu ei.

După un scurt timp, centrul a fost înconjurat de soldați și de miliție.

„Părăsiți locul! Acesta este un ordin!" răsună o voce puternică printr-un difuzor.

În mulțime era forfotă, o forfotă amestecată cu țipete și fluierături dezaprobatoare. Unii erau furioși, alții speriați, unii își îmbrățișau copii, alții se rugau. Dar nu au părăsit locul. Erau conștienți că nu exista o altă cale.

Ana începuse să tremure din tot corpul. Instinctele îi urlau... *„Fugi! Ești în pericol!"*

Dar ea le ignora. Nu putea să fugă. Era prea târziu. La un moment dat a avut impresia că l-a zărit pe Dorian.

Aproape că se pălmui pe obraji.

Apoi își strigă în gânduri furioasă...

„Nu, nu se poate, iarăşi delirez! Opreşte-te! Nu e momentul potrivit!"

Dar când privi din nou în mulțime îl zări din nou. Era el. El, cu părul după urechi, cu fața fină și frumoasă, dar brăzdată în acele clipe de tensiunea întâmplărilor. Instinctiv, Ana începu să se zbată, să fluture mâinile în aer, să înainteze. Încerca în acea disperare să se apropie de el. Nu-i mai păsa de nimic. Nu-i mai era frică de nimic, nici de moarte.

Îl striga din răsputeri. Dar glasul ei se contopea cu strigătele din mulțime.

Se zbătu să treacă printre oamenii care se mișcau într-o parte și în alta, zmucind-o cu ei. „Mamă, hai să mergem acasă!!!" strigă plângând un copil. Și mama lui dădea din mâni și împingea lumea cu coatele, încercând cu exasperare să-și protejeze copilul și să iasă din masa de oameni.

Aerul rece și dens era încălzit de respirații calde. Alte strigăte au răbufnit din ambele părți ale centrului. Milițieni cu bastoane au început să lovească oamenii cu cruzime.

Femeile țipau. Copiii plângeau. Bărbații urlau furioși.

„Anaaa!!! Annaaa !!!!" ieși din mulțime un urlet. Și ea simți că leșină. Dorian îi făcea semn cu o mână, în timp ce striga din răsputeri: „Annnnnaaaaaaaaaaaa!!!! "

Și ea izbucni în plâns.

Prin mica depărtare îi vedea fața îndurerată. O striga fără să se oprească.

Timp de jumătate de oră au încercat cu disperare să se apropie unul de altul. Dar masa mișcătoare de oameni stătea între ei, ca un zid greu de învins.

Apoi a simțit brusc o durere adâncă în piept. Ceva o lovise năprasnic. A cuprins-o amețeala.

„Annnaaaa!!!!" a auzit încă o dată urletul lui din mulțime. Și-a adunat toate puterile și s-a ridicat. *„Trebuie să ajung la el!!! Trebuie!!!..."*

Gazele lacrimogene au țâșnit simultan din mai multe locuri, s-au împrăștiat în aer, lăsând dâre otrăvitoare în aerul cenușiu...

Dintr-o dată au început focurile. Lumea se zbătea speriată. Unii cădeau, răniți. Alții fugeau să se ascundă și să-și salveze viața. Strigătele au continuat să umple văzduhul. Dar glasul lui Dorian se stinse. Nu îl mai auzea, nu îl mai vedea. Se pierduse în masa de oameni.

După un timp, Ana a ajuns la intrarea în Catedrală. Căzu deznădăjduită în genunchi și lăsă un strigăt de durere spre cer!

„Dooooooamneeee!!! De ceeee?" Porțile Catedralei erau închise.

Îi veni greu să se ridice. Se uită în jur, zguduită de scenele violente. Viaţa şi moartea se luptau împreună pentru aceleaşi victime, pentru acelaşi drept de a exista. Nu-i păsa de moarte. Îl pierduse din nou pe Dorian. Şi asta o zdrobise.

Gloanţele au început să străpungă aerul. Într-un târziu a reuşit să se ascundă în scara unei clădiri din apropiere. Şi a rămas acolo, ghemuită lângă un zid umed şi rece. Noaptea s-a lăsat ca un doliu pe străzile pătate cu sângele oamenilor. Morţii au fost luaţi de soldaţi şi aruncaţi într-o groapă comună.

Era amorţită de frig. Încă simţea o durere cumplită în piept. A închis ochii.

„Cu siguranţă s-a salvat! Cu siguranţă!"
Nici nu putea să-şi închipuie sau să accepte altceva. Nimic nu era mai important pentru ea decât acea credinţă că el a supravieţuit, că trăia şi că era bine.
Era ostenită şi vlăguită de puteri. A închis ochii. Şi toate scenele violente parcă dispăruseră. Cel puţin pentru câteva momente. În gânduri i se perindau clipele petrecute cu el. I-a văzut privirea plină de iubire. S-a înfăşurat în ea.

I-a auzit în gânduri vocea... „Te iubesc! Te voi iubi pe vecie!" care i-a încălzit momentele reci, plumburii. Apoi i-a trecut prin faţa ochilor tabloul pe care îl pictase. Chipul ei... Eternitate. „*Te iubește. Și te va iubi în eternitate,*" i-a șoptit inima.

Frica îi dispăruse. Și durerea îi părea amorțită, acolo, în poalele acelor amintiri. Ca să se liniștească a continuat să viseze. Sau să delireze. Orice, numai să nu vadă înfiorătoarea realitate.

Zgomotele și strigătele de afară au devenit din ce în ce mai vagi. Tancurile și soldații au rămas pe străzile din centrul orașului. Ana se gândi la mama Ani, prin ce frică trecea și ea. După un timp, a adormit ghemuită pe scări. Nu le mai simțea răceala.

Înspre dimineață, a auzit din nou câteva focuri de arme. Erau de avertizare, să împiedice oamenii să se adune.

Ana a reușit într-un târziu să se strecoare printre clădiri și, fără să fie văzută, a ajuns acasă la mama Ani. A găsit-o scăldată în lacrimi.

- Copilă dragă!!! Am crezut că ai pierit!

Dar Ana era mută de spaimă, de durere. O strânse în brațe și au plâns împreună. Nu știau ce va urma. Dar cumva, sperau că ceva se va schimba.

În zilele următoare, luptele au continuat și sau întins în toată țara. Au continuat până în ultima clipă, până când oamenii și-au recâștigat, după patru decenii, libertatea.

CAPITOLUL 13

LIBERTATE

Şi-a împodobit Deznădejdea cu petale de Speranţe.
Şi Deznădejdea s-a scuturat, devenind un abur de lumină...

Revoluţia şi căderea comunismului au schimbat destinul oamenilor. Libertatea a fost recucerită şi oraşul de pe Bega a intrat într-o adâncă transformare.

Mulţi oameni, în special cei tineri, se pregăteau să plece în străinătate, să vadă pentru prima dată lumea din afară, să-şi găsească un destin mai blând.

Ana ar fi dorit să urmeze o facultate, ca şi alţi tineri de vârsta ei. Dar, în acele condiţii în care se afla, o facultate rămânea pentru ea doar un vis.

Viaţa îi rezervase alte feluri de examene. O forţa, prematur, să ştie să discearnă între bine şi rău, între siguranţă şi pericol, între oportunitate şi capcană, între onestitate şi viclenie. Orice greşeală şi orice capcană neocolită, ar fi putut să-i fie fatale. Căci nu avea pe nimeni lângă ea să o protejeze sau să o înveţe ce era bine şi ce era rău.

În timpul liceului a fost protejată de doamna pedagogă, de dirigintă. Dar totul s-a sfârșit cu nouă luni înainte, când și-a dat ultimele examene de bacalaureat și a pășit în viața, vie, echivocă, enigmatică și cruntă, din afara internatului. Și de atunci, a întâlnit alte greutăți...

Alerga pe aleea ce șerpuia de-a lungul apei. Îi venea să strige, să-și lase afară toată durerea. Dar nu putea. Alergă și mai repede. Așa măcar putea să-și consume trăirile. Își aduse aminte că citise undeva despre definiția inteligenței, considerată a fi puterea de adaptare într-o situație sau într-un mediu nou. I se părea incompletă. Pentru ea nu era bine să se adapteze la unele situații. Doar evadarea îi era o salvare.

Interiorul începu să urle cu strigăte înăbușite. Nu putea să povestească nimănui de noile blesteme ce-i ieșiseră în cale. Își repeta încontinuu...

„Doamne, nu mă lăsa! Nu mă lăsa să cad pe mâna lor!..."

Viața din afara internatului o așteptase rânjind, cu noi capcane. Și începea să le întâlnească, una după alta, în cele mai diverse forme.

Devenise frumoasă și feminină. Dar ea simțea că acele daruri îi deveniseră un blestem.

Inocența, frumusețea, sărăcia și lipsa ocrotirii părintești, erau o amestecătură menită să atragă pericole.

Orașul de pe Bega a avut întotdeauna o frumusețe aparte. Se mândrea cu universități renumite, cu parcuri neasemuit de frumoase, cu oameni celebri. Un oraș cimentat în cultură și cu o istorie bogată.

Dar locuitorii îi cunoșteau și slăbiciunile, păcatele și crimele. Însă nimeni nu vorbea de ele. Și nici măcar victimele nu aveau curajul să vorbească. Cine ar fi ascultat? Cine s-ar fi încumetat să intervină, în acele timpuri în care, orice lege era încălcată pentru o bancnotă de dolari?

Propriile legi le aveau acei lupi, care patrulau în fiecare zi pe străzile orașului, căutând o nouă pradă. Gangsterii care căutau tinere sărace, fără protecție, pe care le acostau, le maltratau și le forțau la prostituție.

Mergeau întotdeauna în haită, iar căpetenia lor purta bijuterii extravagante, lanțuri de aur, grele, atârnând pe piept în semn de autoritate și bogăție. Cei de lângă ei, un fel de gorile, erau îmbrăcați sportiv, în treninguri de marcă străină, care le acopereau burțile umflate. Aveau acea privire arogantă, tăioasă, care ar fi fost în stare să spintece orice victimă, nu numai din priviri. Urâțenia sufletului li se vedea pe față. Aveau bani mulți, din josnicele afaceri pe care le făceau. O mafie de criminali, care cumpăraseră legile cu un teanc de bancnote murdare și nimeni nu avea curajul să-i oprească.

Când trecu într-o zi prin centrul orașului, Ana se izbi de ei. Hidoșii cu chip de om, i-au remarcat frumusețea. Dar și frica, vulnerabilitatea. Apoi au urmărit-o. Își frecau mâinile. Era o pradă ideală căci ar fi putut să facă din ea o jucărie pentru ei sau un produs care să le aducă bani. Apoi au început să o vâneze. Au atacat-o pe stradă. Înjurând și plesnind-o cu furie pe față, au încercat să o bage cu forța într-o mașină.

Ana a țipat ca speriată de moarte, s-a zbătut, s-a împotrivit, i-a lovit înapoi... și a reușit să scape.

- Măăi... te vom prinde! strigă o gorilă după ea. Nu scapi! Apoi au continuat să o înjure cu furie, de mamă și de sfinți...

Câțiva trecători s-au oprit. Se uitau, dar nimeni nu i-a dat o mână de ajutor. Probabil că se temeau. Sau nu înțelegeau ce se întâmplă...

Căutând o cale de salvare, Ana s-a dus la miliție. Milițianul de serviciu îi puse o sumedenie de întrebări. Dar mai mult despre ea, decât despre cei care o atacaseră. Apoi, după un timp, a început să o măsoare din cap până în picioare, uitându-se cu atenție la pieptul ei și la coapse.

Și... în acea clipă, Ana înțelese că viața e mai cruntă și mai primejdioasă decât se gândea. Se ridică și se repezi la ușă... înainte ca milițianul să mai spună ceva. Ieși din clădire
și începu să fugă înspăimântată pe stradă. Ce putea să facă? Unde să găsească ajutor?

Din acea zi nu îi mai era teamă de sărăcie. Nici de singurătate. Începuse cu groază să se teamă că va fi vătămată de oameni răi. Simți o nespusă furie. Și neputință. Și scârbă. Toate amestecate la un loc. În inimă. În stomac. În fiecare celulă a corpului ei.

În orașul de pe Bega Ana întâlnise oameni buni, oameni indiferenți, oameni ocupați din plin cu viața lor, dar și oameni foarte răi. Începuse să audă povești despre tinere ce fuseseră maltratate de acei criminali.
Și totul se trăgea nu numai din cauza celor care făceau rău, ci și din cauza autorităților care priveau fără să facă nimic. Iar ei vânau nestingheriți pe stradă și răul se desfăta în strigăte înăbușite de frică și tăcere.

Oare de ce a lăsat Dumnezeu oamenii răi pe pământ? Poate, prin confruntarea cu răul, Dumnezeu își dorește ca oamenii buni să se ridice, să lupte, să devină mai curajoși, mai puternici...

Sau poate că aceste două contradicții, binele și răul, fac parte din existență, ca și în univers, coeziunea și repulsia. Dar în univers ele mențin balanța.

Însă pe pământ ce sens are răul? Este răul o parte a naturii umane? Un defect? O alegere? Provine din gene? Sau e învățat de la cineva? Provine din dorința de putere? Sau din obsesia de posesiune?

Dar, indiferent din ce provine și în ce formă apare, acolo unde este lipsă de curaj, unde bunătatea e rară și justiția prea slabă, răul învinge.

Cele mai esențiale calități umane nu se dezvoltă din cărți. Se dezvoltă din viață, din experiențe care uneori împing oamenii, fără cruțare, în mreje și vâltori întunecate. Iar ei sunt forțați să se salveze. Însă, cele mai grele sunt tăcerile, renunțările... Amărăsc încontinuu interiorul cu regrete. Viața este un tărâm de bucurii, de suferințe, de lupte. Fiecare în parte are propria noimă. Doar timpul poate să le dezvăluie menirea și doar maturitatea le poate înțelege.

Ana nu trecuse prin multe experiențe de viață și nici nu avea înțelepciunea maturității să înțeleagă răul și nedreptățile. Știa doar din instinct că trebuia să se salveze.

Frica încerca să o îndepărteze de acele pericole. Și tot acea frică îi răpise visele. Chiar și visul de a-l revedea pe Dorian.

Nu îşi mai putea permite să viseze. Şi nici măcar să iubească. Trebuia să se ridice şi să lupte. Să înfrunte destinul şi capcanele vieţii şi să înveţe! Era menită să fie altfel. Şi nici măcar nu avea libertatea de a alege. Dar în ciuda sensibilităţii, în ea creştea acea putere de a lupta împotriva a tot ceea ce încerca să o diminueze, împotriva a tot ceea ce încerca să o doboare, să o rănească. Şi a fost rănită, dar s-a ridicat şi a luptat. Şi a devenit mai puternică.

CAPITOLUL 14

VALEA SÂNZÂIENELOR

Autobuzul a lăsat-o în capul satului din sus. Ana inspiră adânc din aerul proaspăt de munte și păși moale și apăsat pe calea satului. Valea Sânzâienelor o umplea întotdeauna cu o bucurie ascunsă. Poate pentru că erau altfel, mai apropiate de esența vieții, de natura umană. Oamenii era simpli, naturali, plini cu bunătate.

Îi fusese dor de acele locuri, unde ochii cerului se pierdeau în verzuiul pajiștilor și munții priveau cu duioșie valea. Casa lui Șurianu părea să doarmă sub varul proaspăt vopsit. Și zidul devenise umed și pătat de la aburii ce ieșeau din vale.

O liniște profundă se lăsase peste casele scunde, peste porțile de lemn cu zăvoare de fier ruginit, peste cărunta biserică. Asemenea unei Nirvane, pacea se așternuse și peste praful de pe cale.

Primăvara a apărut ca o zână, împodobind natura cu covoare bogate de verde crud, cu muguri rozalii ţâşniţi din crengile copacilor şi flori sălbatice răsfirate pe coline. Culorile şi miresmele lor erau ameţitoare.

Şi Ana inspiră adânc în piept acele bogăţii lăsate de Dumnezeu oamenilor, să se bucure de ele. Privi în depărtare pădurile înmugurite foşnind în prospeţime, iar vântul îi aduse din văzduh cântece de ciocârlii şi ciripituri lungi de păsări de munte.

Un mănunchi de raze de soare îi întretăie calea. Inima îi bătu din ce în ce mai tare. Aşa simţea ea întotdeauna când se oprea în faţa porţii de lemn şi îşi striga bunicii. Dar de data asta revederea era o bucurie amestecată cu tristeţe. După ce îi va vizita, se hotărâse să plece în lumea largă. Şi nu şi-ar fi dorit să-i amărască. Aşa că nu le va spune nimic.

Bunicii au întâmpinat-o cu acea căldură şi iubire ce era în stare să vindece orice rană.
Lenuţa lui Şurianu îşi scutură praful de pe ea, îşi strânse colţurile baticului şi se repezi să o ia în braţe. Cătrinţa îi era ponosită de ploile şi praful de pe hotar şi cămaşa, ruptă la umăr, îi dezvelea pielea arsă de soare.

Apoi se apropie şi bunicul ei să o îmbrăţişeze. Şi inima Anei se opri... să-l absoarbă în iubire. Mergea încet.

Ana observă că slăbise mult. Cămaşa, mare şi largă, îi atârna pe umerii subţiri. Era băgată la margini în şerparul de piele. Iţarii păreau spânzuraţi în curea. Bocancii păreau a fi grei ca pietrele, purtaţi de picioarele care-i deveniseră uscate şi subţiate. Dar Anton se obişnuise cu ei. Îl apărau de şerpi.

S-au aşezat pe marginea patului de paie, care era acoperit cu un lenţor aspru de lână.

Anton a lui Şurianu se apropie de ea şi o mângâie pe cap.

- Draga bunicului... Ai făcut atâta drum. Eşti obosită...
- Nu, nu... sunt bine... tare bine. Se întinse în pat şi îşi puse capul în poalele bunicii.
- Ai păr frumos şi bogat ca şi mama ta... îi spuse Lenuţa a lui Şurian. Auzi, fată, să nu aştepţi să vină ea aici. Să mergi să o vizitezi tu, că tare e obosită în ultimul timp. A ajutat-o bunul Dumnezeu să vină cu serviciul mai aproape. E ingineră acum la o fabrică de lângă oraş. Dar munceşte până seara târziu.
- Bine bunică, am să merg şi la ea...

Şi inima i se strânse într-o mică tristeţe. Aşa simţea, când se gândea la mama ei şi la puţinul timp petrecut împreună.

Au povestit toți trei în cămăruța scundă, binecuvântată cu pace. Și Ana își perindă privirile în jurul ei, pe paturile cu bordură de lemn vechi, pe peretele cu noul calendar creștin, la soba unde bunica făcea de mâncare. Pe pervazul ferestrei încă mai domnea oglinda veche și spartă într-un colț, unde bunicul se bărbierea înainte să meargă la biserică. Pe al doilea pervaz domnea de-o mică veșnicie un lămpaș cu petrol.

La asfințitul soarelui Ana ieși în fața casei să aștepte vacile de la păscut. Și satul îi apăru în acele clipe așa cum orice visător de frumusețe și-ar fi dorit să fie. Luminos, plăcut, lăsând în aer căldura binecuvântată a familiei.

Mai întâi au trecut caprele, apoi a venit și Joiana. Încet, cu foalele mari legănându-se la fiecare mișcare, a trecut pragul și s-a dus în poiată.

- Haide fată, să o mulgem!... strigă bunica din șură.

Lenuța lui Șurian luă găleata și scăunuțul și se așeză lângă vacă. O pisica din șură lăsă un mieunat scurt și își linse cu nerăbdare botul.

Ana îi povesti bunicii despre Orașul de pe Bega, despre oamenii de acolo. Și despre visele ei. Dar îi povesti numai ce era frumos ca să-i lumineze inima obosită de munca grea de pe câmp.

În acea noapte a adormit lângă ei, ascultând din nou aceleași povești ale bunicului, din timpul războiului. Doar cloncănitul clocii de sub pat o trezi de câteva ori. O aduseseră în casă să nu o fure vulpile care dădeau târcoale la coteț.

A doua zi se duse să-i ajute la vie. În grădina înconjurată cu pruni, scoase buruienile de la rădăcina viței de vie, iar bunica ei înlătură lăstarii uscați și îi scurtă pe cei bătrâni pentru a crește mai bine.
Bunicul ei înaintă pe cărarea croșetată de pașii Lenuței. Mergea încet peste bulgării de pământ și împroșca din pulverizatorul de pe spate un lichid albastru, care proteja vițele de vie împotriva bolilor și dăunătorilor. Din când în când îl năpădea bucuria și chiuia. Atunci Lenuța începea să cânte.
Doar spre seară, când au terminat lucrul, Ana ieși în sat. Acolo avea o sumedenie de prieteni. Îi dobândise în timp, în vacanțele petrecute în fiecare an în Valea Sânzâienelor. Era îndrăgită, căci nu se dădea înapoi nici la năzbâtii, nici la joacă, nici la călătorii prin munți sau la balurile de prin sate.

Și-a petrecut câteva zile cu prietenii ei, hoinărind cu bicicletele pe dealuri și prin satele vecine. Seara târziu, s-au adunat în curtea grădiniței povestind despre stafii și vârcolaci. Prietena ei,

Toricuța, dădea tonul și ei începeau să cânte. Unii avea voci mai puternice, alții mai pițigăiate. Uneori se afundau în bucuria cântecelor, alteori, când se auzeau, pufneau în râs, ținându-se cu mâinile de burtă.

Ana auzise și niște povești stranii despre cum tatăl ei adevărat ar fi un învățător din sat, pe care îl chema Ionuț. Dar nu le băga în seamă. Tatăl ei, Domnul, a fost și a rămas pentru ea cel mai prețios om pe pământ. El a crescut-o, el a iubit-o, el a fost la căpătâiul ei când a fost bolnavă. El a fost tatăl ei.

Spre seară se puse pe banca din fața casei. Își aduse aminte de vremurile când alerga cu priviri curioase în pufuri de nori, care i se păreau pe atunci turme de oițe.

Își mai aduse aminte cum striga de bucurie, când își afunda degetele în smocuri proaspete de iarbă și se juca cu păpădii ieșite printre îngrădituri. De timpurile când se bălăcea în pârâul ce trecea prin fața casei sau când se pierdea pe drumuri de țară și colinda prin livezi cu meri înroșiți. Și se înroșea și ea cu ei.

Amintirile au purtat-o în diminețile când se urca cu casetofonul pe creanga vânjoasă a nucului din spatele casei, ascultând Smokie și BoneyM. De timpurile când mergea cu bunica ei la nunțile din sat, când își punea pantofiorii lângă scaun și se aventura să danseze desculță ca să simtă mai bine ritmul muzicii.

Își mai aduse aminte când se ascundea sub frunze uriașe de lăstari povestind cu puii îmbrăcați în puf gălbui, până venea găina și îi spulbera bucuria.

Câteodată, își întindea pătura de lână în iarba moale. Lâna o pișca pe pielea fragedă, dar nu-i păsa. De pe pătură asculta cântecul greierilor veșnic bine dispuși și se lăsa alintată de aripi de fluturi. Erau acele vremuri când alerga împreună cu copilăria prin lanuri de grâu pătate cu roșu de maci și culegea înmiresmări de mici fericiri.

Se trezi din visare... și se întristă. Scurta călătorie în trecut i se păru ca un rămas bun de la acele locuri și de la timpurile binecuvântate cu pace și iubire. Depărtarea de Orașul de pe Bega îi făcea bine și frica i se potolise. Îi reveni claritatea și convingerea că singura salvare ca să-și croiască un viitor era să plece cât mai departe, peste hotare.

După câteva zile, Ana s-a dus să își viziteze mama. Măriuca o întâmpină cu o îmbrățișare caldă. Făcuse supă de tăiței și carne de pui.

Ana nu crescuse cu ea, dar o respecta. Nu învățase să o iubească. Și uneori îi părea rău. Era o femeie frumoasă, inteligentă, dar singură. Nu se căsătorise niciodată și oamenii din sat povesteau că inima i-a fost adânc rănită în tinerețe și că nu i se mai vindecase niciodată.

Ana o înțelegea. Un copil nu are dreptul să-și judece părinții, de aceea nu îi reproșase niciodată nimic. S-a consolat cu gândul că așa a fost să fie, că nu a fost altă cale.

După ce au mâncat, s-au plimbat pe porțile Cetății. Orașul Alb era îmbrăcat și el de primăvară, iar soarele triumfa peste clădirile vechi, pline cu istorie.

- Mamă, știi că mi-e teamă de viață?!
- De ce să-ți fie? Viața e frumoasă. Și atâta timp cât ai vise, vei trăi din plin. Visele te înalță... Ana, încă nu mi-ai spus ce vrei să faci... Te-ai hotărât?

- Hmm... Am să-ți spun în curând...

Își plecă privirea. Se rușină. Nu putea să-i spună adevărul. Și nici nu îi povesti Măriucăi despre necazurile prin care trecea. Simțise că era mai bine să le păstreze pentru ea.

- Orice vei face, am încredere că va fi bine.
- De ce?
- Pentru că te văd că ești independentă și luptătoare.

Ana tăcu. Poate că avea dreptate. Nimeni nu știa prin ce chinuri trecuse. Și le înfruntase pe toate.

După o săptămână s-a urcat în trenul care o ducea în Orașul de pe Bega. A fost ultima dată când și-a văzut bunicii. Și avea o presimțire. O neînțeleasă tristețe. Căci plecând în lumea largă, nu știa când se va mai întoarce. Și știa că îi va fi dor de bunicii ei, de acei oameni cu privirile moi și inima caldă, care îi alinau rănile cu îmbrățișările lor. Oamenii care iubesc necondiționat sunt nestemate pe drumul vieții.

Cumva, își urma cursul destinului, care mergea câteodată înaintea ei... și ea îl urma. Însă, prin decizia de a pleca în străinătate, începuse să-și zămislească, ea singură, un nou fragment din propria viață. Întunericul o învăța să-și descopere propria lumină.

CAPITOLUL 15

STRĂINĂTATE SAU ELIBERARE

„În mijlocul iernii, am descoperit în mine o vară invincibilă." – Albert Camus

Acolo unde nu este necesitate, voința și puterea sunt slabe. Necesitatea e legată de supraviețuire. De aceea, energia emanată de ea este cea mai intensă. Devine o manifestare care ține în viață. Oare iubirea este și ea o necesitate? Poate o ființă să trăiască fără iubire? Sau poate că iubirea există întotdeauna, într-o formă sau alta și trebuie doar descoperită.

Între săruturile lăsate pe buzele ei de Dorian și durerea lăsată de plecarea lui, își făcu loc viața. Cu noi încercări meschine. Cu noi stupori. Cu noi oportunități.

La optsprezece ani și jumătate, Ana părăsi țara cu un grup de tineri, care, asemeni ei, își căutau un trai mai bun în lume. Nu știau ce îi vor aștepta... binele, răul, răceală, umilință, respingeri sau ajutor. Unii vor trece prin toate, alții prin mai puțin. Unii se vor realiza, alții vor cădea. Totul depindea de natura lor și cât de mult se vor sacrifica pentru a-și câștiga siguranța zilei de mâine și pentru a-și transforma visele în realitate. Străinătatea le oferea noi oportunități, însă drumul spre realizarea acestora era lung și greu. Respectul și susținerea din partea străinilor trebuiau câștigate, de fiecare, pe cont propriu.

Cerul era galben, roșiatic. Doar câteva pete de senin albastru pluteau, se răsfirau în spatele orizontului și se spulberau în negura serii. Soarele își continua cursa în vidul universului, dar de pe Pământ apusul părea o cădere în adâncimile Terrei.

Un Audi galben intrase de câteva minute pe autostrada germană, înaintând cu viteză spre München. Era o seară caldă din primăvara anului 1990.

- În cinci ore ajungem în Mannheim, răsună de la volan un glas adolescentin.

Ruptă de obosită și cu o voce slabă, Ana abia murmură printre buze.

- Ce bine!!... Adrian, cealaltă mașină mai e în spate?

- Da, ceilalți sunt după noi... Uite, ne fac

143

cu mâna...

Ana îşi şterse lacrimile şi zâmbi. O durea groaznic o măsea, dar ştia că trebuie să rabde. O consultaţie la doctor ar fi costat-o toată averea pe care o purta în buzunar. Ca sa nu-şi facă simţită durerea, strângea bagajul în braţe. În el era tot ce avea: două pulovere, un tricou alb, o geacă şi o pereche de blugi. Dar ea nu ştia în acele vremuri că era de fapt bogată, căci tot ce avea mai preţios purta în interior. Învăţătura însuşită din cele mai buni şcoli, înţelepciunile dobândite de la tatăl ei, de la bunici, dar şi ceea ce o învăţase până atunci viaţa... să rabde şi să lupte.

Afară se lăsase întunericul. Doar lumina sensibilă a câtorva stele tremura în noapte. Pe autostrada inundată de lumina farurilor viteza maşinii lăsa un zgomot lung, o vibraţie agitată de energie ce se spulbera în timp şi spaţiu.

Părăsind Oraşul de pe Bega însemna pentru ea o nouă şansă, un nou început. Se agăţase cu disperare de acea şansă, încercând să se îndepărteze de locurile unde mişunau lupi mârşavi şi atâtea pericole.

Însă Oraşul de pe Bega însemna pentru ea şi leagănul copilăriei, plin cu momente fericite alături de tatăl ei. Pe străzile oraşului încă mai bântuiau amintirile lor. Momentele acelea preţioase, când mergeau în fiecare an de ziua ei să facă poze la un

144

fotograf de lângă Catedrală. Atunci, tatăl ei îi cumpăra un tort de ciocolată de la cofetăria Violeta. Un tort prelucrat minuțios, cu ornamente de trandafiri, pe care adăuga în fiecare an o nouă lumânare. Purta acele fotografii cu ea peste tot, căci îi erau imprimate pe pereții inimii.

Îi va fi dor de Parcul Botanic, de măreața Catedrală cu turle privind îndepărtatul orizont, martora atâtor evenimente ce au zguduit orașul de-a lungul timpului. Îi va lipsi acel lăcaș sfânt cu chipuri de îngeri și miros de tămâie, unde se rugase de atâtea ori.

- Cât mai avem până ajungem în Mannheim?

- O oră... răspunse tânărul de la volan.

În ciuda oboselii încă mai zâmbea. Lumina lunii îi strălucea peste șuvițele părului negricios. Părea mai matur, mai dur decât îi era vârsta. Poate din cauză că își ascundea tristețea. Își părăsise și el țara, prietenii, familia.

Adrian, la fel ca mulți alți tineri, era plin cu vise mărețe, făcând parte dintr-o generație plină de aspirații. Era unul dintre tinerii ieșiți pentru prima oară în viață să respire aerul fraged al libertății, după perioada cenușie a comunismului. Îi plăcea de Ana, dar nu a avut curajul să-i mărturisească sentimentele.

O cunoștea doar de câteva luni, dar avea impresia că în ea există o iubire nestinsă. Dar și frică. Se simțea atras de ființa ei, plină de mister, bucurie și durere. Ar fi dorit să-i aline suferințele, însă știa că ea nu l-ar fi lăsat. Părea că își construise un zid greu de pătruns în jurul ei, pentru a se proteja de cei din afară.

Câteodată, Adrian vedea o umbră de durere perindându-se ca o fantomă pe căpruiul ochilor ei. În acele momente, ea își lua o carte și se refugia într-o altă lume, căutând acolo o nouă lumină sau măcar alinare. Știa că Ana adora poeziile scriitorilor clasici, probabil pentru că erau dramatice ca și adolescența ei. Dar mai presus de orice, adora poeziile tatălui ei. Când le citea spunea că se simțea aproape de el.

Adrian se bucura că îi putea oferi pentru un timp protecție. Dar era și mâhnit, căci după câteva săptămâni el va pleca mai departe, iar ea va rămâne singură într-o țară străină.

Dar Ana nu se temea.

O aștepta o lume nouă, care spera că era mai bună și mai justă decât cea în care trăise până atunci. Se gândea că într-o țară dezvoltată oamenii știu să se respecte și să se susțină mai mult.

Într-un târziu au ajuns în Mannheim. Răsuflară ușurați... și de bucurie parcă uitaseră de oboseală. Ana coborî din mașină exclamând:

- Doamne ajută! În sfârșit... Mor de foame!
- Mai am un sandvici pe bancheta din spate...
  Te rog să-l mănânci... Și lui îi era foame, dar mai
  putea să rabde...

Dar ea îl refuză. Încă o durea măseaua. Se uită la strada inundată cu auriul scăpărat din lanterne și se simți copleșită de emoții.

De-a lungul străzii vitrinele erau pline cu minunății, pe care le văzuse doar în reviste: ciocolată Toblerone, rochii și pantofi din Neckermann, reclame de cafea Tchibo. Din restaurante și baruri se auzea un amestec de muzică și glasuri vesele care animau atmosfera serii. Oamenii se plimbau liniștiți pe străzi și chipurile lor păreau mai senine, mai plăcute. Altfel decât chipurile oamenilor din țara din care vedea, străbătute de o revoluție și patru decenii de comunism.

Ana se simți în Țara Minunilor. Poate că așa și era, căci acea țară îi va deveni o nouă mamă, un nou *acasă*...

Marius, fratele lui Adrian, le lăsase cheile în cutia poștală. Au urcat încet scările. Garsoniera avea o cameră întunecată, cu ferestre ce dădeau în interiorul clădirii. Ana a deschis fereastra. În cameră se strecură o boare de aer, cu miros de muguri înfloriți și benzină de la mașinile ce goneau pe stradă. Era mobilată modest, dar cu tot ce era necesar... un pat acoperit cu o plapumă, un dulap spațios cu două uși de lemn, o nișă de bucătărie cu o plita electrică și o masă pe care erau câteva farfurii și tacâmuri. Marius le lăsase o saltea lângă pat. Știa că Adrian e un gentleman.

Ana se aruncă pe pat și căzu pradă oboselii. O pătrunse un somn adânc. Adrian o înveli cu o pătură și rămase câteva clipe să-i privească chipul... frumos și inocent. Îi venea să o sărute. Dar nu îndrăzni.

În timp ce dormea, în sufletul Anei se aprinse o nouă lumină. Și visele au răpit-o departe, în acel loc unde își lăsase amintirile cu Dorian. A mers și le-a cules pe toate ca și cum ar culege flori de câmp.

Și le-a pus în cuibarul inimii. Acolo le va privi până într-o zi, când va apărea el.

CAPITOLUL 16

UN NOU DRUM

Pe străzile învolburate ale străinătății,
privim, gândim... şi ne alegem calea.

Puterea are atâtea faţete... Pentru unii oameni, înseamnă a sta singuri, a depăşi o boală sau a hrăni o familie. Pentru alţii, puterea prinde alte altitudini, legate de ego. Un succes pe plan material sau o luptă câştigată cu un adversar.

Şi totuşi ce este puterea? Rămâne o stare de interpretare individuală. Ce diferenţă este între un om fără mâini şi picioare care devine un om de succes şi un om care este înzestrat cu tot ce-i trebuie, dar care îşi trăieşte viaţa dezolat? Poate că, diferenţa o face acel picur de conştientizare a puterilor interioare.

Începutul unui drum nou nu este uşor niciodată. Nu a fost uşor nici pentru Ana. Când mrejele destinului încercau să o abată, se oprea şi se gândea la consecinţe. Nici ploile, nici vijeliile şi nici frigul străinătății nu au putut să o oprească de pe drumul ales. Și nici măcar prăbușirile într-un nou necunoscut nu au putut să o înspăimânte. Căci nimic nu i se părea mai de greu decât prin ce trecuse înainte. Când se întrista, își lăsa durerea să se topească în îmbrățișări de univers. În nopțile albe, i se zvârcoleau în inimă acele doruri, pe care încetase să le rostească... Atunci, îngerii veneau din nou lângă ea, să o lumineze cu iubire. A evitat răul cât s-a putut. Și-a văzut de treaba ei. A luptat să-și câștige siguranța zilei de mâine, să nu depindă de nimeni. După ce a spălat pe jos restaurantele și a curățat mii de vase murdare, după ce și-a petrecut nopțile fugind să servească clienții la o tavernă grecească și după ce a tremurat ani în șir în ilegalitate cu o viză expirată, drumul vieții ei a început să se netezească.

Prima dată când a plâns de bucurie, a fost în ziua când a primit actele de ședere.

După terminarea studiilor s-a mutat într-un oraș de provincie, unde și-a găsit un loc de muncă la o companie de renume. Bunicii ei ar fi fost tare mândri de ea și ar spus că a devenit *o Doamnă*.

Începuse să iubească acele locuri de pe malul Rinului, căci aveau dealuri împodobite cu viță de vie și oameni cu inimi calde, care-i aduceau aminte de Valea Sânzâienelor. Îi plăcea să alerge pe malul râului, să ia

150

bicicleta și să colinde hai-hui sau să-și piardă pașii în pădurile stufoase de brazi. În apropierea ei era și un lac, unde își petrecea orele libere citind. Nu se sătura niciodată să citească.

Orășelul în care locuia era presărat cu clădiri vechi și frumoase, cu mușcățele roșii la pervazul ferestrelor, cu ghivece mari de leandri din centru. În toiul nopții se auzea sunetul clopotelor de la Catedrală și clădirile parcă se afundau și mai mult în auriul-portocaliu proiectat din lampioanele străzilor.

Când mergea la birou Ana începuse să se îmbrace frumos și elegant. Purta pantofi cu tocuri fine și rochii frumoase. Dar în esența ei nu se schimbase. Era aceeași ființă modestă și recunoscătoare pentru orice.

Bunicii ei, Anton și Lenuța a lui Șurianu, au pierit câțiva ani mai târziu după plecarea ei. Aflase dintr-o scrisoare trimisă de la mama ei. Pentru un timp i s-a lăsat în suflet tristețe. Dar apoi a înțeles că soarta nu se poate schimba.

Și s-a alinat cu faptul că avea atâtea amintiri frumoase cu ei, amintiri ce îi vor lumina și încălzi inima mereu.

Oamenii din jur au început să o respecte și să o admire, din ce în ce mai mult. Era ambițioasă în tot ceea ce făcea. Și la birou. Și când urca munții. Și la antrenament la sală.

Nu îi plăcea să se simtă neputincioasă. Lupta să devină o femeie puternică. Dar ea era demult...

Îşi făcuse prieteni... La sfârşitul săptămânii cutreiera cu ei munţii, mergeau la sărbători prin satele din apropiere sau la dans. Adeseori, îi plăcea să facă raliuri pe autobandă cu maşina şi să asculte muzică la volum maxim. Îi plăcea viteza deoarece îi conferea o senzaţie de control şi tărie. Dar uneori se simţea vulnerabilă, atunci când se gândea la el... la Dorian.

În unele situaţii îşi simţea în vene cele două stări îngemănate una în alta, puterea şi sensibilitatea, aşa cum erau ele, antagonice şi capricioase. Adora toamnele în care mergea prin parcuri să se piardă în strigăte tăcute de culori. Iar când iernile se topeau în farmec de primăveri, îşi împletea noi idealuri. Şi nu se oprea doar atunci când îşi vedea şi acele noi visuri respirând a viaţă.

Şi... în acea depărtare, se apropiase mai mult de mama ei, care venea o dată la doi ani în Oraşul de pe malul Rinului să o viziteze.

Iubirea între mamă şi fiică crescuse.

Şi tot acea iubire a adus cu ea fericire şi vulnerabilitate. Căci, la despărţire, ochii lor deveniseră din ce în ce mai înlăcrimaţi. Şi când erau departe una de alta, inimile li se umpleau de dor. Viaţa poate fi uneori atât de stranie! Dar nu e niciodată prea târziu... pentru a ierta și pentru a iubi.

Într-o seară, când Măriuca venise din nou în concediu la ea, i-a destăinuit povestea ei de dragoste. I-a spus de Ionuț, de tatăl biologic al Anei. Fusese învățător în Valea Sânzâienelor.

I-a povestit cum a părăsit-o și s-a căsătorit cu o altă fată din sat, doar cu două luni înainte să se nască Ana.

I-a mai mărturisit despre disperarea ei și cum a trebuit să fugă din acele locuri, de rușinea oamenilor.

Și Ana a aflat de sărăcia și boala prin care a trecut mama ei după ce a născut și cum a fost nevoită să-și dea copilul în adopție în Orașul de pe Bega.

Apoi, ea îi arătă poza lui Ionuț.

Ochii ei moi și albaștri i se umeziseră din nou.

- Uite el e! strigă înfuriată, aruncând cu fotografia pe masă. Și inima parcă încă îi sângera. Nu a avut parte de copii. Tu ești singura lui fiică.
- Cum? bolborosi Ana încurcată...

Se uită la bărbatul din poză. Și i se păru că semănau izbitor unul cu altul. În spatele lui erau elevi din Valea Sânzâienelor. Pe unii îi cunoștea. Și pe el îl văzuse de câteva ori pe calea satului.

- Dar să nu-l cauți! îi mai spuse Măriuca. Căci nu te va recunoaște niciodată. E prea slab de înger și lipsit de curaj. Dacă ar fi avut curaj, nu ne-ar fi părăsit atunci! Ştie doar să aleagă calea cea mai uşoară pentru el.

- Aş fi curioasă să-l văd măcar o dată în viaţă... şopti Ana. Vreau să văd cine ţi-a frânt inima...

- Fată, îţi spun de acum, vei fi dezamăgită!

- De ce? Poate nu-i aşa...

- Ascultă-mă pe mine! Nevasta lui nu îl va lăsa să te vadă! Apoi te vor condamna că eşti după averilor lor... Căci eşti singurul copil pe care îl are.

- Ce averi, mamă? Eu am tot ce-mi trebuie aici. Nu am nevoie de nimic de la el!

- Vor găsi ei nod în papură, să nu te recunoască... Ascultă-mă! Evită să-ţi încarci inima cu tristeţe. Nu-l căuta!

- Dar nu vreau nimic de la el, mamă! Eu am avut un tată în viaţă...

- Da ştiu...

Şi Măriuca tăcu pentru câteva momente. Îşi ridică ochii spre cer, în semn de recunoştinţă.

- Mamă, noi două nu am avut noroc în dragoste...

Ana oftă şi o luă în braţe. Îi şterse lacrimile de pe obrajii slăbiţi. Şi mama ei o strânse cu toată puterea. În semn de iertare. În semn de iubire.

Gândurile Anei se roteau neputincioase în aer. Şi nu putea să exprime ceea ce simţea. Aflase nu numai cât de mult suferise mama ei, dar și că avea un alt tată. Un tată care nu a vrut să știe de ea.

Încerca să înțeleagă... Mama ei fusese judecată că își pierduse onoarea de fată, aducând pe lume un copil din flori. Iar cel care le-a părăsit a fost respectat o viață întreagă. Când adevărurile sunt ascunse de ochii lumii, judecățile oamenilor devin inevitabil nedrepte!

Și Ana i-a povestit Măriucăi despre iubirea ei... de Dorian. De dor, de fericire și de durerea disparției lui, pe care nu a înțeles-o niciodată. Și încă mai spera că într-o zi o să se arunce din nou în brațele lui... ca atunci.

Devenise o femeie matură, dar în ea încă mai bătea inima acelei adolescente... și visele ei... și amintirile.

Toate au rămas acolo, în interior, vii și neprihănite. Dar învățase și multe de la viață... Învățase că în durere se poate ascunde putere, că în întuneric poate găsi lumină sau că schimbările aduc uneori oportunități de vis.

Frica a învățat-o să fie curajoasă. Și a descoperit că în ea există și o forță magică...

Și a mai înțeles că în viață nu trebuie să ocolească suferința, ci să o înțeleagă, iar ea se va transforma în iubire.

Când își privea trecutul, de la distanță, totul îi părea altfel... Avea o altă noimă, un alt înțeles. O durea mai puțin. Fapte nevăzute i-au ieșit la lumină. Și a mai înțeles că cele mai frumoase căderi, chiar și cele sufletești, au fost acelea de unde a știut să se ridice cu o nouă învățătură.

Ana și Măriuca au învățat să uite, să ierte, să iubească. Și acele noi speranțe izbucnite din piept le-au adus tămăduire. Și fericire! Fericire pentru că inimile lor se regăsiseră... și nu mai erau singure. Se aveau una pe alta. Măriuca simțea pentru prima dată o nouă iubire. Cea a copilului ei. Și îi mulțumea lui Dumnezeu în fiecare noapte pentru acel miracol... acea binecuvântare. Și Ana simțea la fel... Era o binefacere cerească să fie iubită de mama ei, ca un copil. I se părea că își retrăia netrăita copilărie...

Serile se plimbau în orașul de pe malul Rinului și râdeau la orice ocazie. Când ajungeau din nou acasă, Măriuca îi masa mâinile și o alinta cu cele mai blânde cuvinte de mamă. Și îi făcea mâncăruri gustoase, de care Ana nu se mai sătura.

Și toate dorurile și suferințele trecutului s-au stins pentru un timp în pieptul Anei... lăsând loc acelei iubiri calde de mamă.

Dar când mama ei pleca din nou în îndepărtatul Oraș Alb, apartamentul i se părea trist și rece. Și Ana plângea. Se obișnuise cu căldura și iubirea de mamă.

Așa este orice formă de iubire, chiar și cea pentru o mamă e menită uneori să doară... poate cel mai mult.

*****

Moartea neașteptată a mamei o lovi ca un trăsnet. Era acel secret pe care Măriuca nu i-l dezvăluise ultima dată când s-au văzut... Suferea de o boală incurabilă și Dumnezeu îi lăsase doar câteva luni de trăit. Probabil că nu a vrut să o întristeze cu acea veste, să-i spulbere Anei ultimele fericiri pe care le puteau avea împreună. Și poate că se simțea datoare să-i dăruie un pic de fericire înainte să plece în ceruri. Fie și așa târziu...

În toți acei ani își depănaseră atâtea vise... Plănuiseră să călătorească în țări străine și să petreacă mai mult timp împreună.

Visele lor aveau o însemnătate profundă, erau împletite din speranțe... visau la un viitor mai bun și mai frumos. Și purtau în ele cele mai adânci dorințe sufletești.

Dar destinul a avut un alt plan cu ele. Cel al lui, din nou crud și nemilos.

„Să nu încetezi niciodată să visezi!... Să nu uiți!" îi spuse mama ei ultima dată când s-au văzut.

Iar acum, Ana stătea cu brațele deschise. Purta pe ele acele vise... croite împreună. Și nu știa ce să facă... Să le păstreze? Să le răsfire în cele patru zări? Să le strângă în brațe... ca tot ce a mai rămas din mama ei?

În brațele ei păreau acum atât de grele. Grele pentru că au rămas neîmplinite. Căzu în genunchi. Și ele s-au ascuns în adâncimile pieptului ei.

Uneori iubim prea devreme. Alteori, prea târziu. Dar întotdeauna, când o ființă iubită pleacă de lângă noi, înțelegem ce am pierdut. În absența ei, golul lăsat oglindește neputința, regretul, răceala prezentului. Amintirile capătă un sens mai profund. Oare ne învață să iubim mai mult? Oare suntem în stare?

Indiferent de trecutul avut împreună, lin sau tumultuos, când o mamă pleacă în neființă, o bucată vie din inima noastră se rupe și se duce cu ea. Și rana va rămâne acolo. Ascunsă, veșnică și incurabilă. Și Ana a acceptat inevitabila suferință... soarta lor și spera că poate în timp acea durere se va alina... Dar i-a rămas în piept și acea iubire eternă... pentru mama ei și pentru toate amintirile lor.

După înmormântare se hotărî să-l caute pe Ionuț. Așa simți ea dintr-o dată... că dorea să-l cunoască. Poate pentru că în acele timpuri tot ce era legat de mama ei avea o însemnătate aparte.

Și îl găsi, acolo în Orașul Alb. Avea o înfățișare blândă, străbătută de emoții. Și asemănarea lor i se părea izbitoare. Nu era mirat. Era doar bucuros. Parcă așteptase acel moment de-o veșnicie.

Din comportamentul lui Ana a înțeles că el a știut întotdeauna de existența ei. Dar nu l-a judecat. Și nici nu se întristă.

Voia doar să afle adevărul... de ce le-a părăsit. Și poate își dorea să înfiripe o mică de legătură... să-l ajute la bătrânețe, dacă ar fi avut nevoie. Însă mama ei a avut dreptate... El nu a negat-o. Dar nici nu a avut curajul să o recunoască în fața lumii ca fiica lui. Probabil că se temea de soția lui.

Și Ana își aminti din nou de tatăl ei adoptiv din Orașul de pe Bega... cât de mult a iubit-o, cât de mândru fusese de ea.

Apoi își luă amintirile în brațe și plecă din nou departe... printre străini.

CAPITOLUL 17

FRUMUSEȚE... MAGIE ȘI RESPECT

Viața curgea lin printre răsărituri și apusuri... Cerul presăra miresme de înserare peste tărâmurile orașului Heidelberg. Grupuri de adolescenți se scurgeau pe străzi, ca stafiile, aproape nevăzuți. Alți oameni se îndreptau cu pași grăbiți spre intrările magazinelor. Pe străzile decorate în culori, toate luminile parcă se scurgeau în pământ.

Ana își ridică ochii spre ferestrele gălbui ale clădirilor. A ajuns un pic mai târziu la evenimentul de business networking la care fusese invitată. Cu câteva luni în urmă își finalizase noile studii în jurnalism. În ultimii ani învățase în adâncul nopților, căci ziua lucra la birou. Se gândi că mama ei ar fi fost mândră de ea și de faptul că era o femeie independentă, care și-a clădit succesul din propriile eforturi și puteri.

Își strecură trupul grațios printre oameni. Simți cum priviri curioase o urmăreau de aproape, palpitând în aerul din jurul ei.

Ar fi dorit să scrie un articol... Restaurantul de pe malul râului Neckar fremăta cu femei elegante și bărbați în costume de marcă bună. Aveau fețe de culoarea unui porțelan palid, ochi celestini și părul blond sau șaten, îngrijit frumos. Unii râdeau, alții păreau afundați în conversații de afaceri. Dar fiecare avea propria poveste de viață. Și cu siguranță, printre ei se aflau și cei care trecuseră prin vremuri grele, prin boli, prin pierderi și suferințe, prin lovituri neașteptate ale sorții.

Ana se gândi cât de rău este să judeci un om fără să-l cunoști... Îi vezi doar hainele, originea și este deja apreciat sau judecat... judecat de obicei de faptele celor dinaintea lui, ai celor care făcusera istorie, fie ea bună sau rea.

Și într-o țară prosperă sunt mame care își pierd copii, bărbați încrâncenați de boli nemiloase, cutremure sau furtuni care le distrug casele. Dar ei țipă mai încet și plâng mai puțin. Se concentrează să iasă din necazuri și să ajungă din nou la liman.

Toți oamenii, oriunde s-ar afla ei în lume, întâmpină greutăți. Doar că acestea sunt diferite. În unele țări sunt pârjoliți de focuri sau sunt înecați de ploi torențiale, în altele sunt atacați pentru că ei cred într-o religie sau sunt înfulecați de lava vreunui vulcan.

Oamenii fac o greșeală, crezând că durerea lor este cea mai adâncă și cea mai importantă. Există întotdeauna o durere mai mare.

Ana se scutură ușor din cugetări... Gândurile îi erau clare, cu toate că era obosită. Simți că, în loc să se concentreze să adune informații pentru un articol, ar fi mai bine să savureze câteva ore libere. Muncise mult în ultimul timp... până la epuizare. Mai mult ca să-și distragă atenția de la durerea provocată de moartea Măriucăi.

Venise la acel eveniment împreună cu un prieten, pe care îl avea de-o mică veșnicie și care cânta în acea seară la pian. Lino era charmat, atrăgător și, ca întotdeauna, asaltat de noi sau vechi admiratoare. Întotdeauna era prea multă vâlvă în jurul lui...

Se opri la o masă înaltă, acoperită cu o pânză de un alb imaculat și își umezi buzele cu câțiva stropi din paharul de șampanie.

Trecuseră doar câteva minute de liniște și reculegere, după care un bărbat mai în vârstă se apropie de ea. Șuvițele cărunte îi încadrau ochii de un albastru strălucitor, iar gura îi era lărgită de un zâmbet cald. Era îmbrăcat impecabil, purtând un costum negru și o cămașă albă deschisă un pic la gât.

- Scuzați-mă, doamnă, că intru în vorbă cu dumneavoastră așa... neinvitat. Aș dori doar să vă spun câteva cuvinte...

Ana îl privi adânc, cercetător... și zâmbi.

- Îmi place simplicitatea și eleganța pe care o emanați. Rochia fină, naturalețea, modul retras, observator...

Căpruiul ochilor ei deveni mai închis... îl examină din nou. Ce intenție avea?

- Mulțumesc pentru compliment...

- Frumusețea strălucește cel mai bine de la sine, atunci când nu este pusă în evidență, continuă el.

- Totuși... este trecătoare, îi răspunse Ana, lăsând din nou să-i apară pe buze un zâmbet cald. Cred că cele mai prețioase sunt acele frumuseți care nu se pot vedea cu ochiul liber...

Își atinse ușor tâmpla cu degetele, pentru a-și da la o parte o buclă de pe frunte.

Bărbatul se uită la degetele ei lungi și frumoase, cu unghii în alb sidefat. Un singur inel, simplu și delicat, îi împodobea mâna.

- Cred că și frumusețea interioară se poate vedea, continuă el, ridicând o sprânceană în semn de reflecție... Desigur, cei care au ochi să o vadă... De exemplu, căldura emanată dintr-un zâmbet, bunătatea faptelor, comportamentul cu cei din jur... Toate oglindesc ceea ce este în interior.

- Aveți dreptate...

Se așternuseră câteva clipe de tăcere. Ar fi dorit să-i spună ceva... Dar între timp, bărbatul își luă politicos rămas bun.

- Sper să ne mai revedem, îi spuse de la distanță, fluturând cu mâna.

Scurta întâlnire cu acel străin i-a rămas în memorie. Și parcă gândurile i s-au liniștit, ca din senin... Și în acea liniște interioară simți o armonie binefăcătoare... o energie divină ce palpita suav printre gânduri.

Mai târziu, acasă, se afundă în fotoliul de piele și, la lumina palidă a veiozei, începu să-și scrie pe o hârtie gândurile...

Când o femeie este greu de cucerit, un bărbat o consideră mai valoroasă. Dar acel bărbat o consideră valoroasă și fiindcă ea își cunoaște și își manifestă valoarea. Dar totul începe de la respect... Frumusețea unei femei are o relație profundă cu respectul de sine, oglindit în modul cu vorbește, cum gândește sau în postura pe care o are. Respectul de sine îi dă naturalețe, este secretul armoniei cu propria persoană și cu cei din jur. Însă, povara durerilor unei femei poate fi interminabilă, atunci când nu a învățat să se iubească și nu realizează bogăția pe care o poartă în interior.

Frumusețea constă și în acel set de valori pe care o femeie le urmează, în idealurile pe care le urmărește.

Fiecare femeie are trăsături unice, talente și calități care o definesc. O femeie este mult mai mult decât își dă seama. Frumusețea ei nu strălucește doar atunci când este admirată. Strălucește în mod natural. Precum și puterea ei... care, în cele mai grele momente, apare din adâncimile ființei la suprafață. Ca un adevăr... mai mult sau mai puțin conștientizat.

Femeia are o magie aparte, atunci când se eliberează de dorința de a fi văzută, plăcută și apreciată. Începe să emane în jurul ei un elixir binefăcător.

Când învățăm să ne iubim imperfecțiunile, ele se vor transforma în frumuseți. Și... cele mai frumoase momente sunt acelea când o femeie stârnește admirație prin fapte și mai puțin prin cuvinte.

Foile de hârtie se umpluseră cu gândurile ei... Stiloul îi căzu din mână. Și ea se cufundă în canapea și adormi lin și frumos.

*****

Ana se simțea împlinită, trăind din propriile resurse și valorificându-și abilitățile cu care fusese înzestrată. Însă, orășelul de pe malul Rinului era cu siguranță diferit decât Frankfurt sau Berlin. Era liniștit

165

și plin de armonie. Și îi oferise multe oportunități pe care poate nu le-ar fi găsit într-un oraș mai mare. Orașele mari absorb multă energie, doar pentru simplu fapt că trăiești în ele.

Dar totul pornește de la voință... Acea voință nevăzută, dar simțită în fiecare celulă a corpului. Cea care dă naștere mărețelor fapte. În orice fel de succes fumegă focul voinței. El susține eforturile, sacrificiile, căderile și ridicările, până acolo sus, pe podiumul victoriei.

Voința este un fragment din materia propriului *Eu*. Acea scânteie sau acel foc care contribuie la creația propriilor destine. În ea trăiește acel gând însetat de prețuire, de descoperire a propriilor puteri sau de vindecare. Acel gând care știe să ardă ca o flacără și dă naștere unei energii copleșitoare, aproape imposibil de înfrânt.

Așa își simțise și Ana voința, care adeseori o purtase pe brațele ei, ca o maică binefăcătoare, atunci când o părăsise puterile. Dar drumul vieții ei se înseninase... Sau poate că fusese ea cea care înlăturase norii de pe cerul vieții.

Realitatea începuse să se scurgă ca un pârâu înviorător. Când era împăcată cu sine, simțea un moment înălțător. Și atunci, parcă totul tindea să se înalțe cu trăirile ei, codrii, râurile, dealurile și munții din depărtare.

Se plimbă gânditoare pe strada argintie, înfundată printre casele mari, colorate în culori fine pastelate. Trecuseră zece ani de când a ajuns în acele locuri. Între timp, pe lângă munca de la birou, primise și un contract de fotomodel. Ședințele de fotoshooting erau programate la sfârșitul săptămânilor. Îi plăcea orice provocare.

Fetele de la fotoshooting erau cu zece ani mai tinere, dar ea scotea uneori cele mai bune fotografii. Nu pentru că era mai frumoasă. Ci pentru naturalețea ei.

De fapt, nici nu-i prea păsa. Pentru ea era doar o sursă în plus de a-și câștiga existența. Știa că frumusețea e trecătoare și că nu este o garanție de a fi fericită.

Când avea un fotograf mai bun, timpul trecea repede. Dar când venea vreunul meticulos, atunci se enerva. Dar acele poze erau cele mai bune. Căci emoțiile ei dădeau viață fotografiilor.

Nu primea niciodată pozele. Rămâneau în posesia lor și erau adesea folosite pentru reclame în reviste sau broșuri. Avea doar câteva fotografii... și ea le-a pus într-o cutie cu amintiri.

Erau și acele timpuri când ar fi putut să-și aleagă unul dintre bărbații care îi făceau curte.

Dar inima ei nu putea să iubească.

Nu găsea niciunde acel sentiment de liniște, de exaltare, de reverie, dorința de a petrece zilele și viața cu unul dintre ei.

Lumea i se oglindea în ochi și imaginația o ducea până în adâncul universului. Însă, se poticnea să vadă realități din apropiere, aprecierea sau chiar iubirea ce i se oferea.

În subconștientul ei, încă îl căuta pe Dorian. În privirile altora, în înfățișarea lor. Dar nu își dădea seama. Nu era conștientă că gândurile ei erau încă sechestrate în acea neîmplinită iubire.

CAPITOLUL 18

BĂRBATUL CEL CUMINTE

Pe Bărbatul cel Cuminte l-a întâlnit în acel timp de confuzie. Atunci, când își petrecea nopțile scăldată în gânduri, când trupul îi tremura în tăcerea nopților, de frica de a rămâne toată viața singură, ca și mama ei. Începuse să creadă că este incapabilă să iubească. Îl cunoscuse undeva, cândva, la un festival de vinuri. Iar el îi lăsase cu amabilitate numărul de telefon...

„dacă simți că dorești să vorbești cu cineva..." De parcă el intuise în câteva secunde haosul sentimental din ea...

După câteva zile se hotărî să-i trimită un mesaj: „Dacă ai timp de o mică ieșire în natură, m-aș bucura..."

Avea nevoie de speranță de bine... Era și practic... căci locuia în apropiere.

El îi răspunse imediat... „În jumătate de oră la lac..."

Îşi luă bicicleta şi pedală într-o viteză ameţitoare spre pădure. Îi plăcea câteodată să concureze cu ea însăşi, cu puterile ei. Trupuri cenuşii de păsări alunecau pe bucle de vânt şi, din când în când, îi întretăiau calea.

A ajuns mai devreme... Îşi puse bicicleta pe drumul bătătorit şi se lăsă în iarba proaspătă. Absorbi adânc în piept din liniştea naturii. Când apa tremura subtil sub alunecări de raţe sălbatice, câte un peştişor curios ieşea la suprafaţă.

După un timp, un zgomot de motocicletă a întrerupt tăcerea. Şi apăru el, înalt, frumos şi zâmbitor, cu un coş cu dulci şi păcătoase ronţăieli. Ţinea în mână o sticlă de Prosecco.

- Hei, ai avut o idee bună! îi spuse rânjind uşor. Se aşeză pe iarbă lângă ea.

- Da, din când în când îmi apare câte una... îi făcu cu ochiul zâmbind.

- Apropo, nu mă aşteptam să reacţionezi atât de repede.

- Doar atunci când sunt motivat de ceva. Şi mai e şi altceva... locuim atât de aproape.

- Dacă locuiam în Frankfurt ai fi venit?

- Pentru tine, da... Râse, sigur pe sine.

- Ha... Ha. Dacă m-ai cunoaşte, răspunsul ar fi diferit...

- Prefer să-mi fac propria părere...

Au tăcut pentru câteva momente...

- Crezi în intuiție?
- Da...
- Și ce-ți spune intuiția acum?
- Că am de a face cu un caz complicat.

Și Ana râse din nou. A prins-o... Înghiți în sec.

- Ești pe aproape...
- Te voi numi „Femeia cea Complicată".
- Și eu pe tine „Bărbatul cel Cuminte"...

Apoi au pufnit amândoi în râs...

Au povestit până spre seară. Îi făcea bine acel om. Părea plin cu bunătate și emana o bucurie aproape contagioasă. Simțea acea boare de căldură umană ce i se lăsase tămăduitor în interior, spulberându-i pentru un timp neliniștile.

Ana i-a ascultat poveștile... dar ale ei le-a păstrat doar pentru ea. Nu intenționa nici să-l emoționeze și nici să-l impresioneze.

Savură ultimele picături de ProSecco, privind din când în când linia dintre cer și pământ, de parcă ceva din ea ar fi dorit să fie acolo...

Între timp, soarele se stinse pe oglinda lacului și o liniște adâncă se lăsă ca o magie peste împrejurimi.

Ana se nelinişti... atmosfera devenise prea romantică. Se ridică uşor şi îşi luă rămas bun de la el.

- Noapte bună... îi spuse zâmbind.

- Noapte bună, femeie frumoasă... Mulţumesc pentru clipele magice...

- Şi eeeeuuuu! îi strigă Ana din mers...

Pe drum, încercă să nu se gândească la nimic. Privi umbrele şi luminile ce tremurau printre case şi inspiră adânc din aerul proaspăt al serii.

Bărbatul cel Cuminte plecă şi el spre casă... Simţea că îi va fi mai uşor să ajungă pe o nebuloasă interstelară decât în inima Anei. Şi poate că asta îl atrăgea... faptul că nu ştia dacă va putea să o cucerească.

După câteva zile, a invitat-o la un restaurant din apropiere. Şi ea a acceptat. Spontan şi fără alte gânduri.

De data asta el o aştepta un pic nerăbdător. Când Ana intră pe uşă el o absorbi din priviri. Şi ea se simţi stingherită.

- Scuze... Am venit direct de la birou.

Şi el începu să râdă.

- Nu am mai întâlnit o femeie care se scuză pentru că este elegantă şi frumoasă.

- Ai întâlnit-o acum... îi răspunse Ana, un pic în glumă, un pic în serios.

Seara s-a scurs din nou în armonie, cu povești despre oameni și viață și cu multe zâmbete.

Apoi, întâlnirile cu el au urmat. Descoperise că îi plăcea să facă sport. Se antrena la squash cu partenerii de afaceri, îi plăceau documentarele, concertele de muzică și concediile în țări exotice. Serile și le petrecea în grădină, pe șezlong, savurând un Cabernet Sauvignon vechi și bun.

Și ei îi plăcea să absoarbă informații din cultura lui vastă. Părea să aibă un răspuns la orice era întrebat. Iar gândurile începuseră să-i zumzăie mai rar și ea credea că se va îndrăgosti din nou. Până într-o zi, când l-a luat cu ea să viziteze o prietenă.

Era un sfârșit de săptămână împânzit cu armonia culorilor de toamnă. Bărbatul cel Cuminte se bucură de invitație. I se părea un nou pas înainte în relația cu Ana, pe care începuse cu patimă să și-o dorească. Era hotărât să lupte... cu iubire și răbdare.

Prietena Anei i-a întâmpinat cu entuziasm și în sufragerie se uită lung la noul musafir. Poate, mult mai lung decât s-ar fi cuvenit.

- Ana, hai să facem cafea... Ne scuzi câteva minute.

Vali o trase de mână în bucătărie. Închise ușa și chicoti înfundat.

- Ce fain e! Mai are un frate? o întrebă în timp ce punea apa în ibric.

- Suntem doar prieteni...

- Vezi că ți-l fur... Începu să râdă și i se aprinse o scânteie de bucurie în ochi.

- Te rog... îi răspunse Ana zâmbind.

Însă acel răspuns o puse pe gânduri. Își simți din nou răceala și indiferența. Înapoi în sufragerie se așeză pe un fotoliu și încercă să se relaxeze. Dar gândurile îi fugeau bezmetice într-o parte și alta.

După acea vizită realitatea îi apăru din nou, sumbră și rigidă. Se simți năpădită de presimțiri și deznădejde. Își aruncă o privire în interiorul inimii, dar nu zări nici un sentiment aparte pentru el. Doar o simplă prietenie.

Începu să plângă. Se lovea din nou de acea incapabilitate de a iubi... de inima ei rece. Și știa prea bine că nu avea dreptul să-l amăgească sau să-l împiedice să fie iubit de altcineva. Dacă el nu ar fi avut sentimente pentru ea ar fi fost mai ușor. Ar fi rămas prieteni. Dar el se îndrăgostise... prea repede și prea mult.

După un timp, încetă să-l mai vadă. Îi oferise libertatea de a-și găsi fericirea alături de o altă femeie care îl va prețui și iubi așa cum merita. Făcuse greșeala de a încerca să-și croiască o nouă iubire pe crâmpeie de amintiri. Și de acolo pornea, inevitabil, orice eșec sentimental.

Se obișnuise cu viața ei, înconjurată de oameni și totuși singură, prizonieră în propriul castel, în care trăia cu fantoma unei iubiri din adolescență.

Și nu știa ce e mai dureros... să fie părăsită sau să plece de lângă un bărbat care o iubea. Durerea este egală. Ambele implică suferință, doar consecințele sunt diferite.

Se spune că o femeie nu a pierdut nimic dacă este părăsită. Însă, poate să piardă enorm atunci când se îndepărtează de un bărbat care o iubește în profunzime. Regretul de a părăsi un om bun va rămâne, intensificându-se pe măsură ce ea va înțelege mai bine și va realiza cât de rar îi va apare în viață un astfel de om.

O femeie independentă se simte puternică, însă uneori singură. În schimb, o femeie dependentă se simte protejată, dar uneori umilită.

Fericirea poate fi o medalie câștigată cu trudă. Și ea se simțea fericită atunci când era în stare să-și păstreze pacea interioară, în ciuda influențelor și întâmplărilor din exterior.

Suferința are rolurile ei... de a simți în profunzime trăirile, slăbiciunile, greșelile. Sau pentru a simți propria existență, mai intens și mai real. Și din ea se pot naște noi succese, așa cum diamantele se formează sub presiuni și temperaturi extreme în adâncul Pământului.

Așa și Ana, începuse treptat să înțeleagă mai bine viața și capriciile acesteia... Înțelegea ce este suferința, succesul, momentele de fericire, iubirea de sine... dar încă nu știa cum să-și elibereze inima din lanțurile amintirilor.

CAPITOLUL 19

TABLOUL

Soarele dogoritor australian pârjolește. Se apropie Sărbătorile de Crăciun. Un contrast izbitor între tradițiile pe care Ana le știa din trecut și cele din Australia. Dar se obișnuise în cei zece ani petrecuți aici, să vadă această paradă de brazi împodobiți cu globulețe, de moș Nicolae în costum de baie și de lume grăbită să meargă la plajă.

Îi lipsește spiritul sfânt de sărbători. Bradul destinat să fie împodobit de Crăciun trecuse de mult peste casă, încercând într-o nebunatică strădanie să se agațe în cerul cristalin. Precum inima Anei, încă rămasă agățată undeva departe, pe o stea numită „Iubire".

De obicei, împodobea bradul numai la poale. Crengile lui de un verde pur emanau un miros intens ce plutea în aerul fierbinte. Zările se pierduseră și adormiseră în privirile serii. Poate visau și ele...

Privi timpul ce târa în spatele lui un nesfârșit năvod cu vise umane. Și ale ei erau acolo... undeva, strivite poate de altele...

Cheia succesului ei în viață a fost că nu și-a pus niciodată limite... nici în iubire și nici în lupta cu cruntele încercări.

Ce rămâne viu în noi sunt acele momente și fapte care ne-au provocat trăiri mai intense decât altele. Un fior născut dintr-o privire, un cuvânt rostit care ne-a atins sufletul. Acel *ceva* rămâne neșters, până la sfârșit... Și dacă privim din nou acel moment impregnat cu elixir, reîntâlnim același fior, aceeași exaltare de atunci. O dovadă că încă trăiește...

Oare de ce, din toată experiența rămâne doar acel *ceva*? Poate pentru că reflectă dorințele noastre cele mai profunde și în același timp, reprezintă ceea ce am avut cel mai puțin. Acel *ceva* pe l-am căutat întotdeauna. Iubire, atenție, prețuire, bunătate umană. Și poate de aceea rămâne atât de viu în noi, pentru că este esența a ceea ce încă tânjim.

În esență, totul ar trebui să plece din interior spre exterior. Nu există lipsă de iubire, deoarece iubirea există pretutindeni, sub diferite forme. Dacă iubirea pornește din interior, ea devine nesfârșită. Căci în viață există un infinit de aspecte pe care le putem iubi... Oamenii plini de bunătate, copiii, oamenii în vârstă, florile, fluturii, animalele, brazii, iarba moale, cerul senin, ploile calde de vară, liniștea serii, asfințitul și răsăritul, fulgii de zăpadă, apa cristalină, aerul dătător de viață... și bineînțeles, în primul rând pe Dumnezeu.

Călătoria Anei în lumea amintirilor se apropia de final. Din ea, Ana a adunat noi experiențe care i-au adus mult bine, căci a înțeles în profunzime anumite aspecte despre oameni și despre sine. Dar și-a mai propus un ultim voiaj în trecut, în Țara Germanilor...

*****

Viața în Țara Germanilor îi dăruise nu numai oportunități, dar și o împăcare cu experiențele prin care trecuse înainte.
Trecuse mai mult de un deceniu de când își părăsise țara. Se apropiau Sărbătorile de Crăciun. Și ea se hotărî să iasă în oraș. Îi plăcea atmosfera de iarnă din Orașul de pe malul Rinului... cu tarabele pline cu lumini și cu miros de vin fierbinte și scorțișoară. Străzile erau aglomerate cu oameni veseli, care ieșeau de la târg râzând în hohote sau clătinându-se un pic mahmuri.

Ana trecu pe lângă un zid lung făurit din pietre cenușii, mari și rotunde și își îndreptă pașii pe o stradă ce se sfârșea în scări denivelate, crăpate de vreme.

Pe drum, văzu o reclamă la o expoziție de pictură... Atârna lung și strident pe peretele unei clădiri. Privi spre ușa de la intrarea. Îi era dor de pictură... și parcă se simți atrasă ca un magnet să intre.

Se apropie, deschise încet ușa și păși în interior. Parchetul maroniu emana un miros de vechime și scârțâia ușor sub pașii ei. Plăti biletul de intrare și păși în galerie. O doamnă amabilă o opri și îi oferi un pahar de șampanie, zâmbind politicos.

Ana îi mulțumi și începu să se plimbe prin camerele înalte, unde draperiile de catifea adăugau un aer de eleganță și mister. Fundalul era animat cu acordurile liniștitoare ale muzicii lui Vivaldi. Se simți transportată într-o altă lume, unde arta și muzica se împleteau într-o simfonie perfectă de trăiri și emoții. Picturile erau iluminate discret. Unele aveau culori dense, pastelate, altele erau simple și abstracte. Un bărbat și o femeie își perindau privirile de la un tablou la altul. Apoi au dispărut în camera ce urma. Două doamne stăteau în fața unui tablou în culori extravagante, încercând să culeagă câteva impresii.

Ana se opri pe loc și se frecă la ochi. I se părea că visează. Clipi din nou. Și ochii i-au rămas ațintiți pe perete. Părea înmărmurită, ca o statuie uitată demult în mijlocul unei încăperi.

O cuprinse amețeala și se așeză pe un scaun înainte să cadă. Începu să tremure...

Privirea i se implântă în tabloul din fața ei. *„Nuuuu... nu se poate... visez! Nu pot să cred!"*

Gândurile i se învârteau în stupoare. Apoi amuți. Tabloul arăta o imagine ruptă din viața ei. Pe pânză erau pictați ea și Dorian, îmbrățișați pe iarbă, lângă stejar. Cu o mână el arăta spre cer, spre planeta lor... *Iubire.* Lângă el era scrisoarea ei. Umbra stejarului era căzută ca o legătură tainică, peste ei. Sub cerul pătat cu alburiu, cei doi îndrăgostiți păreau să fie capturați într-o iubire magică, eternă.

Ana desluși printre lacrimi numele picturii...

„Între sărut și durere," Dorian T.

Deodată, în privirea ei începuseră să se perinde atâtea imagini și trăiri... siluetele lor, parcul unde plânse de atâtea ori de dorul lui, privirea lui seducătoare, vijeliile trăirilor prin care trecuse... și primăverile cu flori de nu mă uita. Picioarele încă îi tremurau. Își ștergea în zadar lacrimile care îi izvorau necontenit din inimă și care îi curgeau nestingherite prin ochi. Îi auzi șoaptele de iubire, îi simți din nou buzele calde...

Și parcă încerca să intre în acel tablou și să rămână acolo pentru totdeauna. Cu el. Lângă el. În locul lor magic din parc.

Apoi, pe pragul gândurilor păși un nou adevăr... *„Trăiește... și a găsit scrisoarea... Și de ce pictura e în acest oraș... Știe că trăiesc aici? "*
Îi venea greu să înțeleagă... Atinse cu respirația suprafața netedă a tabloului, parcă încercând să-i dea viață. Își dorea să sărute acea pânză care purta amprentele iubitului ei.
Într-un târziu, se apropie de doamna de la intrare.

- Aș dori să cumpăr acest tablou... rosti cu o voce care parcă implora.
- Doamna se uită cercetător la ea, la ochii ei bântuiți de trăiri. Și înțelese că femeia din fața ei avea o legătură profundă cu acel tablou. Nu este de vânzare... dar, și își catifelă cuvintele, pictorul a lăsat un mesaj... Cum vă numiți?
- Ana...
- Aici este mesajul pictorului... *„Este un cadou pentru Ana, dacă va privi vreodată acest tablou."*
Fața i se albi... Și corpul începu din nou să-i tremure. Cuvintele lui... pentru ea...

- Sunt eu, Ana... i-au fremătat buzele. Și, simți dintr-o dată că tabloul îi devenise o sursă vitală... pentru a respira, pentru a exista.

Doamna se uită cu ochi blânzi la ea... Luă tabloul și îl împachetă cu grijă.

    - Să vă bucurați de el! Apropo, pictorul este în America...

    - Mulțumesc... îi zâmbi forțat și părăsi galeria.

Ceața se lăsase ca o boare fină peste împrejurimi, îi umezi hainele și fața.

„Care-i menirea acestei iubirii?..."

Putea să aleagă acum... să fie o eroină sau să-i fie în continuare o sclavă. Ajunsă acasă, Ana se opri la fereastră... Ceața se risipise, iar lumina lunii o învăluia plăcut. Lăsă acea lumină să-i pătrundă în suflet, să-i aducă claritate și înțelegere.

O stea îi luci îmbietor.

Herghelii de gânduri, lăsând în urma lor un praf cu emoții, au dus-o departe, pe o cărare bătătorită de vreme. Mărgăritare de lacrimi și iubire i s-au desprins din trup și, purtate de vânt, s-au împrăștiat în cele patru zări.

A deschis pachetul și a pus tabloul pictat de Dorian pe perete, lângă primul tablou pe care i-l dăruise atunci, în ultima zi de liceu.

„Ceea ce prețuim, ne arată cine suntem cu adevărat. Și eu mi-am dorit întotdeauna un singur lucru... să iubesc și să fie iubită. Și visul meu s-a îndeplinit..."

Pe buzele ei se așternu o pace deplină.

Și din acel moment își simți iubirea altfel, ca o mică minune ascunsă acolo, în pieptul ei. O minune care îi va lumina întotdeauna drumurile vieții. Căci acum știa că cineva, undeva, o iubea la infinit. Ar fi trebuit să înțeleagă acest lucru demult, încă de când el îi pictase chipul și îl numise *Eternitate*.

Privi noul tablou... *Între Sărut și Durere*. Și se gândi, că între sărutul lor și durerea despărțirii era viața și iubirea lor nestinsă...

Apoi zări în pictură scrisoarea ei... Și își aminti de versurile pe care i le-a scris atunci, pe acea hârtie, în timp ce îl aștepta în parc. Și ele au prins din nou grai... și ea le ascultă cu duioșie...

Te aștept pe steaua noastră lucitoare,
pe-o cale stranie și amăgitoare,
unde liniștea se alină-n neștire,
pe-o cale eternă numită „iubire".
Sunt aici iubitul meu, de atâta timp,
printre miliarde de stele, mă plimb,
și chiar dacă mă tem că nu vei veni,
printre galaxii, o stea voi deveni...
Uneori, nu văd lumina, dar nu mă tem,
Amintirile mă amețesc cu visul lor suprem,
închid ochii și-ți văd chipul tău frumos,

și totul devine atât de pur și luminos.
Am vrut să cunoaștem iubirea veșnică,
așa arată de aici, o iubire mare, unică,
uneori sufletu-mi coboară pe un dor dulceag,
zboară peste oceane, ca un porumbel pribeag.
Și când un val cosmic creează o nouă fantasmă,
ah, sufletul mi-e fascinat de o mireasmă,
crezând că ești TU, un soare care a răsărit,
dar în zadar, este doar un vis nefericit.
În timp ce lacrimile calde-mi limpezesc privirea,
umbra dispare pe drumul ei galactic, ca și amintirea,
pe când mii de fluturi inima-mi rănita vor căra,
mi-e teamă, pe vecie, depărtarea ne va separa.

Obosită mă culc pe calea mea, singuratică,
mă încălzesc cu un vis frumos,
cu iubirea noastră nebunatică,
în lumina stelelor inima mea se va scălda,
și voi simți din nou profund iubirea ta.
Te-aștept pe steaua pe care-am văzut-o
 în acea noapte, în locul în care mi-ai spus
 c-avem o cale comună.
Iubitul meu, te voi căuta prin șoapte,
 te voi aștepta în cosmos,
 acolo lângă lună.

Ana suspină încet, cu un ton de melancolie...

„O femeie are puterea să transforme o iubire într-o legendă nemuritoare," își șopti ușor... și adormi alintată de lumina lunii.

DESPRE AUTOARE

Anişoara Laura Musteţiu s-a născut în anul 1971 în Timişoara. A terminat Liceul de Filologie-Istorie în 1989 după care a emigrat în Germania, unde şi-a petrecut cea mai mare parte din viaţă în lumea competitivă a businessului.

A absolvit Studii în Ştiinţe Economice (1995), IHK Ludwigshafen, Studii de Literatura Germană şi Jurnalism în Hamburg (2008) şi Studii Superioare de Comunicare, Bachelor of Communication, Specializare în Afaceri şi Scriere Creativă, Griffith University în Australia. Din anul 2014 locuieşte in Sydney.

A publicat cărți de poezie şi proză în limba română şi engleză, *Travel in Time, A Life Story in Poems* (2020), *Yarran, Stories from Australia,* (2020), *Un sărut pierdut pe mătasea timpului* (2020), editura Academiei Româno-Australiene, *Emoții şi Lumină* (2021), editura Bifrost, *Crâmpeie din viața unei femei, O colecție de povești adevărate* (2023), nuvela *Prețul Onoarei* (2023), editura Romanian-Australian Book Club, nuvela *Între Sărut şi Durere* (2025).

A publicat poezii şi proză în numeroase reviste de cultură în România şi în străinătate. Anişoara Laura Mustețiu este membră a *Academiei de Cultură Româno-Australiene.*

Din februarie 2022 este redactoare la Radio ProDiaspora cu emisiunea proprie *Emoții şi Iubire,* o emisiune de poezie, proză şi muzică.

De asemenea, este fondatoare şi redactor şef al revistei de cultură *Emoții şi Lumină,* cu sediul în Sydney.

Website: https://anisoaralauramustetiu.com/

CUPRINS

ROMANIAN -
AUSTRALIAN
BOOK CLUB

Sydney, Australia 2025

R OMANIAN AUSTRALIAN BOOK CLUB
Email: romanian.australian.book.club@gmail.com